죽음은 또 다른 삶의

버팀목이 되는 것이 자연의 이치다.

조선의 흙이 된다고 해도 좋고,

산이 되어도 좋을 일이다.

내가 여기에 남는 이유는 아쉬움이 팔할이다.

다쿠미 소설
조선을 사랑한 일본인

박봉 지음

朝鮮を愛した日本人

솔과학

차례

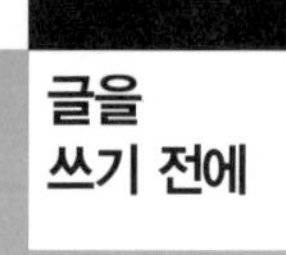

오랜 시간이 흐른 후

– 국경의 기나긴 터널을 빠져나오자 설국이었다 – 가와바타 야스나리의 소설 『유키구니雪國』의 첫 장면이다. 마구 쏟아 놓는 폭설이었다. 니가타新潟를 생각했지만 아오모리青森행 신칸센은 벌써 모리오카森岡를 지나고 있었다. 아키타秋田행 열차가 눈 속으로 멀어져 갔다. 아키타, 어머니의 소녀시절이 잠든 곳이다. 설원을 담아보려 눈에 힘을 주었다. 꼭 한 번은 함께 가고 싶었는데... 시야가 흐릿해졌다.

– 그 사람은 아키타에 잠시 살았습니다.

– 네? 누구 말입니까?

– 아사카와 다쿠미淺川巧. 내 운명 속의 한 사람![1]

어머니의 영상을 깨뜨린 사람은 아사카와 다쿠미였다. 그

---

1) 사기장 신한균은 자신의 저서인 「우리 사발이야기」와 소설 「신의그릇 1, 2」가 태어날 수 있었던 한 축이 다쿠미 선생이라 늘 말한다.

는 설국을 지나 어둠으로 떨어지는 절벽처럼 아득했다. 사람에게 따뜻했고 조선에 뜨거웠던 사람, 빚을 졌다는 생각이 파고들었다. 터널을 벗어나 그에게 가기로 했다.

야마나시山梨 다카네조高根町, 다쿠미가 자란 곳이다. 생가는 커녕 그의 무덤조차도 없지만 '아사카와 형제기념관'이 있었다. 조선 반닫이와 소반, 달항아리가 있었고, 바지저고리를 입은 사람들이 모형으로 맞아주었다.

1931년 초, 2개월 동안 조선 전국을 돌면서 묘목을 길러내는 방법을 강연하던 일본인 산림기수 아사카와 다쿠미는 과로로 쓰러졌다. 그 길로 마흔이라는 나이에 갔다. 왜 그렇게 일찍 세상을 떠났을까? 왜 망우리 공동묘지에 낯선 이름으로 잠들어 있을까?

많은 시간이 흐르고, 그가 눈을 감지 못할 이유를 알게 되었다. 그건 우리가 해야 하는 일이었지만 하지 않은 일이었다. 그리고 내가 할 수 없는 일이었다. 아프게도 그가 아니면 할 수 없는 일이었다.

묻힐 수는 없다. 기억으로 엮어 다쿠미 선생에게 드린다.

85주기에 박 봉

일러두기

이 글에 나타나는 아사카와 다쿠미의 삶이나 생각은
그의 평전이나 일기를 바탕으로 하고 있습니다만 일부는 가상의 인물이
나 사건을 통해 그의 생각을 대신해 보려 했습니다.

삽화는 민중기 화백의 작품입니다.

백자 단지를 든 다쿠미

조선땅에 묻어 주세요

– 내 삶의 마지막 날 풍경

– 다쿠미, 이놈아 좀 쉬어라. 몸이 불덩이야. 정말 죽으려고 이러는 거야?

난 뭔가에 홀린 듯 고열을 견디며 밀린 원고와 씨름을 하고 있었다. 어머니는 나를 보고 안달을 하신다. 노리다카伯教 형과 어머니는 어제부터 내 집에서 좌불안석이다. 보름 전, 참을 수 없는 감기 기운 때문에 남은 일정을 접고 집으로 돌아와 누웠지만 차도는 없었다. 이상하리만치 심장이 급히 뛰었다.

결국 감기는 급성폐렴으로 번졌다. 오래 전 아내 미쓰에를 죽음으로 몰고 간 폐렴이란 놈이 나까지 덮친 것이다. 호흡곤란과 구토가 이어졌다. 익숙한 증세다. 미쓰에가 그랬던 것처럼 나도 가는 것일까. 의사는 곧 진정될 거라 했지만 내 몸은 그걸 믿지 않는다.

… 저것들을 마저 마무리해야 하는데. 그래 나는 죽지 않을 거야. 해야 할 일들이 나를 가만히 놓아두지 않을 걸.

사방탁자, 장롱, 경대 등 목공예품이나 한지, 은상감이 눈에 아른거렸다. 나와 함께 했던 조선의 물건들, 내가 찾고 기록하고 싶은 목록들이다. 나를 이끈 그것들은 또한 나의 스승들이었다. 내가 가진 것들은 그들과의 만남으로부터 시작되었기 때문이다.

마흔이라는 나이에 죽음이나 요절 같은 것은 낯선 언어들이다. 나를 가리키며 끄집어 낼 단어들이 아니었다. 두려움을 밀어냈다.

하지만 몸은 마음을 거스르고 있었다. 펜을 놓았다. 원고지가 흐릿하다. 옹색하게 몸을 말고 누워버렸다.

어머니 눈망울이 젖어있다. 가엾은 어머니, 기어이 나를 따라와 낯선 땅에서 고생하시는 어머니, 당신만큼은 조선에 노다지를 찾으러 오지 않은 걸 안다. 오직 자식들 때문에 건너온 땅이다. 그런 어머니에게 용돈 한 번 제대로 드린 적이 없었다. 집을 비우고 천지로 헤매다 보니 차라리 남보다 살갑지 못한 지난날이었다.

사쿠와 재혼을 한다고 했을 때는 몰래 돈을 쥐어주면서

'양복이라도 한 벌 해 입어라' 했던 어머니다. 그 돈마저 조선 민예품 수집으로 사라졌다. 참 복도 없으시지. 형을 보아도 그렇다. 집안일이라고는 손끝 하나 대지 않고 마치 귀신에 홀린 듯이 가마터를 찾아 쏘다니는 형을 보면서 어머니는 무얼 생각했을까.

점점 의식이 가물거린다. 어린 시절, 꽃과 나무를 유난히 좋아하는 내 머리를 쓰다듬어 주시던 할아버지의 얼굴이 떠오른다. 할아버지처럼 손자들을 따뜻하게 안아주지도 못하고 떠날 것 같다.

하나 밖에 없는 내 딸 소노에는 나를 어떻게 기억할까. 엄마라는 존재를 막 기억하기 시작할 무렵 엄마는 갑자기 사라지고, 외삼촌 집에서 외로움과 기다림부터 배워야 했을 소노에. 그나마 새로 맞은 엄마와 가족을 이루었는데 이젠 아비마저 떠나보내야 하는 얄궂은 운명이다. 놓기 싫은 끈이다.

형을 올려다보았다. 유복자인 내게 할아버지가 아버지 같았다지만 형도 그랬다. 내가 조선에 오지 않았고 형은 일본으로 돌아오지 않기로 했을 때, 아버지처럼 나를 불렀다. 형은 의젓했고 나는 따랐다. 서로 다른 일로 살았지만 같은 길을 걸었다.

– 형, 다가오는 조선의 미래가 찬란했던 과거처럼 될 수 있다면 난 죽어서도 행복할 거야. 그 과거를 기록하고 싶었어. 사람은 얻으면 지켜야 하는 법이지. 내가 얻은 것, 그들이 주어서 나에게 온 것, 그것은 지켜내야 하지 않을까? 그러니 형, 조선 도자기 연구를 훌륭하게 마무리 해 줘.

내 호흡은 가빴지만 형의 눈은 여전히 빛나고 있다.

– 다쿠미, 너의 도움 없이 불가능한 일이야. 어서 일어나.

나의 회복을 믿고 싶은 모습이 역력했다. 형은 내 회복을 믿고 싶어 하지만 나는 형이 당신의 일을 해내리라 믿는다. 형이 찾고 있는 과거의 기록이 살아날 것을 믿는다. 조선 사람들이 가졌던 아름답고 뛰어났던 감각이 형으로 인해 조금씩 제 빛을 찾기를 빈다.

이제 더 이상 말이 필요 없을 듯 했다. 몸이 마음을 재촉하고 있다. 내게 주어진 시간이 얼마 남지 않았음이다.

– 어머니, 나에게 조선 옷을 입혀 조선 땅에 묻어 주세요.

힘겹게 그 말을 보냈다. 그것으로 더 이상 말을 하지 않기로 했다. 죽음이 저만치에서 기다리는 걸 알겠다.

어머니의 눈에 흐르는 눈물이나 형의 빛나는 눈빛이 슬픔을 가리켰다. 이제 비로소 삶의 이유가 살아나는 것 같은데 정작 가야 한다니 얄궂다. 이루지 못한 일, 저 세상에서도 할 수 있다면... 바랄 뿐이다.

지난 삶의 궤적이 갈피를 잡을 수도 없이 낱장으로 쏟아져 내린다. 이른 봄 날에 마지막 꿈을 꾸는 것 같다.

– 흙으로 돌아가다

심장이 멎었다. 찰나에 저승인 모양이다. 이승의 시간으로는 1931년 4월이 사흘 지난 날이다. 장례식장인 청량리 임업시험장은 몹시 붐비고 있다. 사람들은 내 주검이 든 상여를 에워싸고 있다. 나를 보았다. 아니 내 육신을 보았다. '학생아사카와다쿠미지구學生淺川巧之柩'라 쓰인 붉은 천을 씌운 관에 누운 나는 흰 옷을 입고 있다.

… 나에게 조선 옷을 입혀 조선 땅에 묻어 주세요.

내가 이승에서 어머니에게 마지막으로 남긴 말이었다. 장례는 그대로 진행되고 있다. 조선의 장례식이었다. 조선사람들은 서로 내 상여를 메겠다고 다툰다. 어머니와 아내 사쿠, 형 노리다카와 야나기 무네요시柳宗悅[2]는 황망한 가운데서도

---

2) 20세기 초 일본의 대표적인 사상가, 비평가이자 미학자. 일본 민예운동의 선구자. 조선 미술품에 대한 관심과 안목이 깊었다. 다쿠미와 함께 조선민족미술관을 건립했다. 죽을 때까지 '존경하는' 아사카와 다쿠미의 사진을 앞에 두었던 다쿠미의 친구이기도 했다.

손을 놓을 수밖에 없는 모양이다. 일본 조문객들은 내 죽음보다 이 그림이 더 낯선 모양이다. 이웃사람들은 내 영정 앞에서 곡을 했다. 뒷산 청량사에서 뵈던 여승은 목탁을 두드리며 염불을 하고 있다.

상여가 정문을 나설 채비를 하자 봄비가 앞장을 섰다. 4월의 비는 부드럽기는 했으나 서늘함을 버리지는 못했다. 흰 옷에 흰 머리띠를 두른 조선사람들이 꽃상여를 들쳐 메자 만장들이 줄지어 길을 잡았다. 요령을 흔들며 선소리꾼이 소리를 이끌었고, 상두꾼들은 목이 터져라 뒷소리를 매기며 따랐다.

황천길은 멀다하나 대문 밖이 저승이라.
느화 - 느화 - 느화니 능차 느화오 --
불시에 온 인생은 이승을 떠나가오.
어허 낭천 어화로다.

나도 만가輓歌 소리에 싸인 상여 행렬을 따랐다. 꽃으로 뒤덮인 상여는 낯설지만 뒤따르는 사람들은 낯익다. 동네 사람들, 장사치, 시인, 소설가 이 땅에서 이름을 주고받고 같은 언어로 인사하던 이들이다. 상여는 꽃망울 터질 듯한 벚꽃 밑에서 몇 번이나 앞으로 나아갔다가 뒷걸음을 놓곤 했다. 저승길은 느렸고 이승의 빗방울이 발을 맞추었다.

맨 뒤엔 야나기가 형과 함께 따르고 있다. 그가 형에게 말한다.

– 내가 다쿠미를 잘못 알고 있었군요. 이런 장면, 예수의 장례식이 있었다면 저렇지 않았겠소?

아, 야나기 무네요시! 전보를 받고 온 모양이다. 내가 만났던 인물 중 가장 뜨거운 한 사람이다. 나에게 관대했고 단정한 사람 야나기, 인연 만큼은 끈끈했다.

형은 말이 없다. 상여는 조선사람들이 묻힌 공동묘지를 향해 빗속을 느리게 움직였다. 야나기가 다시 입을 열었다.

– 레오나르도 다 빈치가 생각났소. '살아 있는 동안 나는 영원히 불행할 것입니다. 그는 누구보다 나에게 열정적이고 진실한 사랑을 보여 주었습니다.' 다 빈치의 죽음을 애통해 한 제자 프란치스코 멜치의 말입니다. 그가 제 심정을 미리 말한 듯합니다.

형은 고개를 끄덕이는 듯했다.

어느덧 상여는 공동묘지에 닿았다. 저만치 내 몸을 누일 곳의 속살이 불그스레하게 드러나 있다. 나를 놀라게 한 것은 무덤자리 앞에 놓인 항아리처럼 깎아놓은 묘지석이었다.

화강암이라 마치 백자처럼 빛났다. 누가 저런 생각에까지 미쳤을까. 형이 아니면 그럴 사람이 없다. 놀라움과 기쁨을 전할 수가 없는 안타까움이 밀려왔다.

관이 내렸다. 좌르륵 좌르륵... 흙이 덮이기 시작한다. 봉분을 만들기 전 마지막 평토제를 지낸다. 많은 이들이 줄지어 술을 따르고 작별을 말했다. 야나기는 품속에서 한 장의 종이를 꺼내 읽었다.

– 아사카와 다쿠미 선생이 소중한 원고를 내게 보내어 발문을 부탁한 것에 감사드립니다. 얇은 호주머니를 털어 사 온 공예품을 들고 기뻐하며 집으로 돌아오는 당신을 떠올렸습니다. 촌로들을 찾아가 그릇과 가구들의 이름을 묻고 기록하는 당신의 모습이 주마등처럼 지나갔습니다.

하지만 당신은 조선의 공예에 대한 저의 관심이나 시각을 너무 높이 평가했습니다. 난 원고를 읽고 나서 당신의 청을 거절할 수밖에 없음에 슬펐습니다. 저는 당신에 비하면 문외한에 불과함을 고백하지 않을 수 없습니다.

매정하다고 나무라진 마시오. 이 세상에 당신의 원고에 발문을 붙일 자격이 있는 사람은 없기 때문입니다. 당신의 것으로 온전히 족할 뿐, 누군가 덧붙인다면 누가 될 것이며 사족이 될 것입니다. 전 충실한 독자로 남겠습니다...

그래, 한 달 전에 「조선의 도자명휘」 원고에 붙일 발문을 부탁했었지. 안타깝게도 유고작이 되고 말겠지. 그 원고는 내 삶을 반질거리게 했던 조선의 민담이었다. 떨리는 종위 위로 지는 빗방울들이 글씨를 흐리고 있다. 야나기는 종이를 접고 중얼거렸다.

– 공자는 제자 안회를 보내면서 '너를 위해 통곡하지 않고 누굴 위해 통곡하랴'며 울었다고 하지요. 다쿠미, 내가 바로 그 심정입니다.

인연들과 이별할 시간이 가까웠다. 형을 찾았다. 형은 무리에서 저만치 물러서 봄비와 안개가 점령해 온통 흐릿한 동쪽 하늘을 보고 중얼거리고 있다. 희끗한 머리카락이 젖었다.

– 내 동생 다쿠미, 우리 마을 가부토무라도 지금 경성(서울)처럼 사쿠라가 한껏 꽃망울을 부풀리고 있겠지. 넓은 들에는 막 아지랑이 오르고 농사지을 준비로 마을 사람들 분주하겠지. 멀리 남쪽으로 후지산과 병풍처럼 둘러싼 야쓰가다케 산에 쌓인 눈은 흰 독수리 머리처럼 빛나고 있겠지. 집 뒤 소나무 숲에서 부는 바람은 뒤뜰을 돌아 아랫마을로 내려가겠지.

할아버지 품에 안겨 바라보던 고향이 밀려왔다 갔다. 형은 지금 고향마을을 떠올리고 있다.

– 다쿠미, 내가 이방인이란 걸 너의 죽음으로 알았다. 18년간의 조선생활, 어눌하긴 했지만 너처럼 조선말을 쓰기도 했고, 수백 군데의 조선 가마터를 찾아 헤매며 오늘에 이르렀다. 그래보았자 나는 야마나시山梨 기타코마北巨摩가 고향인 일본인일 뿐이구나... 다쿠미 부디 편히 잠들거라.

형은 천천히 발길을 돌려 언덕을 내려갔다. 난 조선인으로 살자는 것이 아니었다. 이 땅에서 한 인간으로 살고 싶었다. 이제 비로소 그 얽매임을 풀었다. 살아서는 알 수 없는 게 섭리인 듯하다. 이제 저들을 배웅하고 집으로 들어가 내 삶을 돌아봐야겠다.

야스가다케 산을 배경으로 선 아사카와형제기념관

다쿠미, 영혼으로 만남 - 하나

아사카와 다쿠미淺川巧란 사람, 그의 죽음은 오래 되었다. 하지만 색 바랜 일기장 속에 묻혀 있는 그의 언어들은 외면할 수 없는 빛을 품고 있었다. 나는 그런 이유로 엉뚱하게 어머니를 졸랐다. 다쿠미의 영혼을 만날 수 있게 해 달라고 말이다.

- 만나는 거야 어렵지 않지. 그렇다고 달라질 건 없는 거란다. 꿈같은 이야기에 불과하니까.

내 어머니 삶에는 일찍이 신神이 끼어들었다. 열아홉 살 소녀에게 가난과 묶음으로 들어온 강신降神이었다. 아버지의 구박과 이웃들의 뭇 시선에도 그것을 떼어내지 못했다. 어머니는 두려움에 떨었지만 육체와 정신으로 파고드는 고통을 참아낼 힘은 없었다. 신을 받고 말았다. 신을 만날 수 있는 능력이라고는 하지만 이 땅에서 여자답게 살기는 애당초 글러버린 일이기도 했다.

아버지는 그런 불가항력을 경멸했지만 나는 괜한 부끄러움 속에서도 어머니의 그것을 믿었다. 어머니는 주문呪文과 함께 알 수 없는 누군가와 교감하곤 했다. 어릴 적부터 어머니 등 뒤에서 그 소리를 들으며 자랐다. 난 신이나 영혼의 존재를 믿지 않지만 어머니의 그것만은 믿었다. 그래서 어머니를 졸랐던 것이다.

– 얘야, 네가 생각하는 주문 같은 건 없단다. 꼭 그렇게 하고 싶다면 말이다, 간절한 마음으로 너만의 주문을 만들어 보렴.

무슨 뜻일까. 어머니가 접신을 준비할 때면 동지섣달 시퍼런 새벽에도 얼음을 깨고 물 끼얹는 소리를 들어야 했다. 소름 돋는 일이었지만 문득 그런 게 간절함이라 생각했다.

내게 간절함이란 오랜 시간이었다. 어느 날 꿈처럼 문이 열렸고 아사카와 다쿠미, 그분을 만나게 되었다. 다쿠미는 상상했던 대로 담백한 미소로 맞았다. 간소하게 차려입은 흰 옷 역시 잘 어울리는 듯 했다.

– 선생님, 뵙고 싶었습니다. 저를 알고 있었으리라 생각됩니다만.

- 물론이오. 오랫동안 내 행적을 궁금해 했었던 걸 모를 리 있겠소. 여기도 두 번 왔다간 걸 알고 있지요.

- 그렇습니다!

주위를 둘러보니 흐릿하게 다가오는 그림이 낯익다. 다쿠미 영혼의 거처인 망우리 무덤이었다. 다쿠미의 형인 노리다카가 디자인했다는 면을 깎은 항아리 모양의 묘지석도 반갑다. 교교한 달빛이 여기저기 솟은 봉분들 머리 위에 내려앉아 사뭇 몽환적이다.

- 헌데 왜 이 세계를 기웃거린단 말이오? 여긴 꿈같은 시간일 뿐 현실은 없소.

- 어머니도 그렇게 말했습니다. 하여간 그건 나의 몫입니다. 내치지 않기를 바랄뿐입니다. 어머니는 선생님이 이 세상을 떠나실 때쯤 오셨고, 그로부터 7년 후엔 일본으로 건너가 선생님이 잠시 일했던 아키타에서 오래 사셨던 분입니다. 생전의 어머니는 선생님의 이야기를 즐겨 들었습니다.

- 세상에 인연이 닿지 않는 게 없다고들 하는데 일리가 있군요. 그러니 구미가 썩 당기는군요. 좋소, 어떻게 하면 당신의 기대에 다가갈 수 있을 지 말해 보시오. 거절하지 않겠으니 길은 그대가 물으시오.

– 가슴이 뛰기 시작합니다. 허나 선생님의 삶을 어떻게 하룻밤 꿈처럼 들을 수가 있겠습니까?

– 당신들의 시간이 짧을 뿐, 나에게 시간은 바람처럼 가볍고 영원하다오. 마치 천일야화千一夜話라도 되는 것 같군요. 좋소, 그럼 오늘 첫 만남엔 무엇을 보고 듣고 싶은지 말해 보시오.

– 선생님은 삶의 제1막을 너무 쉽게 끝냈습니다. 곧바로 조선으로 건너오면서 제2막을 열었고 거기에 대부분이 들어 있습니다. 그러니 우선 제2막의 1장이 궁금합니다.

다쿠미는 고개를 끄덕이더니 눈을 감고 천천히 이야기를 시작했다.

– 그러니까…

다쿠미의 생가터, 그리고 상상의 집

– 조선을 만나다

조선으로 오던 해는 1914년이었다. 스물 세 살 나던 해 봄이 깊어가는 5월 어느 오후, 내가 다녔던 소학교 운동장을 뜀박질로 돌고 돌았다. 몇 바퀴를 뛰었을까, 몸속의 수분을 모두 짜 낸 듯했다. 늘어진 몸을 이끌고 집으로 돌아와 뒤뜰에 놓인 평상에 드러누웠다. 부드러운 바람이 뒤란을 둘러싼 나무들을 흔들고 몸을 훑고 지나갔다. 산을 찾는 나이가 되면서부터 경외의 대상이었던 야스가다케 산이 병풍처럼 서 있다. 얼마간 땀을 들이니 답답함이 좀 누그러졌다.

– 다쿠미, 다쿠미!

골목에서 들리는 소리였다. 목소리는 이웃 마을에 사는 친구 마사토시였다. 마당으로 나오자 그들도 막 집으로 들어서고 있었다. 일행은 그의 누이 미쓰에와 친구 마코토였다. 같은 학교와 교회를 다니면서 형제처럼 지낸 사이다.

– 마사토시, 무슨 일이야? 이 시간에 웬일이야?

– 다쿠미, 그 말이 맞아? 조선으로 간다는 것 말이야?

마사토시가 숨을 헐떡이며 물었다.

– 너희들 그건 어디서 들었니?

어머니가 말했을 것이다. 그랬다고 문제가 될 것도 없었다. 어차피 알아야 될 일이었다.

– 그게 문제야? 그러고 보니 정말이었구나.

– …

– 노리다카 형이야 사범학교를 나왔으니 조선에서 교사라도 한다지만 넌 무얼 하겠다는 거야? 조선을 합병했다고 해도 농업학교를 나온 네가 할 일은 없을 텐데…

… 뭘 하려 가는 거지?

선뜻 대답할 말은 준비되지 않았다. 형의 편지 외엔 딱히 떠오르는 게 없었다.

1년 전, 조선으로 건너간 형에게서 편지를 받은 후 거짓말처럼 열병을 앓기 시작했다. 결국 아키타秋田 오다테 영림서[3]에 사직서를 제출하고 고향으로 돌아오고 말았다.

– 다쿠미, 조선엔 정말 뛰어나고 재미있는 공예품이 너무 많아.

---

3) 산림을 관리하는 공공기관.

난 당분간 일본으로 돌아가지 않을 거야. 너도 오지 않을래?

대수롭지 않게 지나가는 '너도 오지 않을래?'라는 말이 뿌리칠 수 없는 유혹이 되었다.

내가 태어났을 때는 아버지가 돌아가신 후였기에 할아버지가 아버지 역할을 하셨다. 할아버지는 우리에게 하이쿠俳句[4]나 다도를 가르치셨다. 형은 하이쿠를 잘 지었을 뿐만 아니라 미술에 소질이 있었다. 형이 조선으로 간 이유는 조선 공예품 때문이었다. 세키노 다다시關野貞가 조선의 고분벽화나 건축, 공예품을 조사한 보고서인 「조선고적도보」를 접하고 곧바로 조선으로 건너갔다. 이왕가박물관[5]에서 청자를 보고는 아예 조선에 눌러 앉겠다고 마음을 먹은 것이다.

형의 편지를 받고 조선이라는 나라에 대한 궁금증이 부풀기 시작했다. 형의 말이 점점 '너 오지 않으면 후회할 걸' 혹은 '꼭 와야 돼'로 읽혔다. 알 수 없는 마력에 이끌리고 있었다. 막연한 불안도 함께였다.

– 다쿠미, 아키타의 산림 일에 만족했잖아?

---

4) 5 · 7 · 5의 17음(音)형식으로 이루어진 일본 전통의 짧은 시.

5) 1909년 순종 때, 대한제국 황실에서 우리나라 최초로 설립한 박물관. 일제강점기에 이왕가박물관으로 불리기 시작. 해방 후, 덕수궁미술관으로 존속하다가 1969년에 국립중앙박물관에 귀속. 창덕궁박물관, 이왕직박물관으로 불리기도 함.

– …

그것도 틀리지 않았다. 일이 싫은 게 아니었다. 울창한 숲과 함께 하는 행복한 삶이었다.

– 혹시 너 돈 벌러 가는 거야?

이번엔 마코토가 지는 해만 보고 있는 나에게 물었다.

– 그런 소리 하지 마!

버럭 소리를 질렀다. 그런 건 추호도 생각해 보지 않았다.

– 그럼 대체 무슨 이유로 가려는 거야. 응?

마사토시가 다시 물었다. 조선으로 건너가는 일본인들이 갈수록 느는 마당에 특별한 것은 아니었지만 이들은 헤어짐을 아쉬워하고 있는 것이다. 미쓰에는 평소보다 하얘진 얼굴로 나를 보고 있었다. 그녀에게 감정을 표현한 적은 없지만 그녀의 애틋함은 눈빛으로 느낀 지 오래다.

– 우리에겐 도래인의 피가 흐르고 있는 걸 몰라?

대답이 궁했던 내가 무심코 뱉은 말이었다.

– 뭐, 도래인? 그게 어쨌다는 거지? 그것하고 조선으로 가는 것하고 무슨 상관이 있냔 말이야.

마사토시가 따지듯이 물었다.

– 우리에겐 그들의 피가 흐르고 있으니 뜬금없이 그런다고 말하지 말란 뜻이야. 거기가 무슨 가지 못할 곳이 아니란 말

이야.

나는 소리를 낮추었다. 그게 맞는 지는 모르지만 할아버지의 말씀이 그랬고 동네 어른들이 하는 말이었다. 대를 이어 전해 오는 이야기였다.

– 너 그 말을 믿는단 말이야? 천 년도 더 지난 이야기를?

– 믿어, 믿고 말구. 그건 만년이 흘러도 마찬가지야. 시간이 중요한 게 아니라구.

아득한 옛날 훌륭한 말과 함께 이 지방에 정착했다는 사람들은 조선반도에서 건너 온 사람들이라고 했다. 고려高麗라는 명칭도 이 지방에서는 '코마'라 불리었고, 오랜 옛날부터 지금까지 우리 고향엔 '코마'라는 이름이 붙어있다.

– 그런 소리 하지 마. 난 너의 결정을 이해할 수 없어. 그래서 뿌리라도 찾겠다는 거야?

마사토시는 엉뚱한 소리를 하고 있었다. 그걸 모를 리 없다.

… 마사토시, 믿을 수 없겠지만 지금 할 수 있는 말은 없어. 나도 왜 이러는지 알 수 없다구.

골목을 나서는 그들에게 소리치고 싶었다.

일본 혼슈의 척추를 형성하고 있는 세 개의 산맥은 일본의 알프스라 부르기도 한다. 해발 3,000미터를 넘나드는 험준

한 산들이 남북으로 길게 이어져 있기 때문이다. 내 고향은 그 중 야쓰가다케 산을 뒤로 두른 야마나시 기타코마군 가부토무라다. 동으로 긴포산, 남으로 가이코마가다케산, 멀리 남동쪽으로는 후지산이 보이는 아름다운 분지다. 넓기도 하지만 여름이면 고지에서 불어오는 서늘한 바람이 감돌고, 겨울에는 산들이 치마처럼 둘러서 바람을 따뜻하게 담아 두는 곳이다.

후지산은 너무 멀어 제 모습을 잘 보여주지 않지만 우리에겐 신화나 전설 같이 신비로운 존재였다. 우리의 하루는 아침에 후지산의 안부를 묻는 것으로 시작되었다. 하늘이 눈부시게 푸른 겨울날에는 산허리까지 하얀 치마를 두른 후지산이 빛날 때, 우린 마법의 공중정원을 보는 듯 황홀해 했다. 하지만 대개는 희미한 실루엣이었다.

지난밤엔 한숨도 잠을 이루지 못하며 뒤척였다. 동이 트기도 전에 마당으로 나와 우물에 두레박을 드리웠다. 깊은 우물물은 겨울에는 김이 올랐고, 여름에는 아침에 한 바가지 들이키면 정신이 번쩍 들 정도로 시원했다. 후지산을 보았다. 해는 아직 솟지 않았지만 시커먼 형상이 선명했다. 오늘은 매끈한 모습을 보여 줄 것 같았다. 마당을 빠져나와 마을 뒤로 향했다. 거기엔 후지산이 잘 보이는 바위가 있다. 거기에 올라앉아 신탁이라도 받는 기분으로 해가 솟기를 기다렸다.

– 다쿠미, 꼭 가야 하겠니?

지난밤 나를 등진 채 혼잣말처럼 중얼거리던 어머니 말을 되새김질 했다. 나는 오늘 떠날 것이라고 말해 두었던 차였다.

– 네, 그래야겠어요. 어머니는 어떻게 하실 건지 천천히 결정하세요. 번거롭게 해서 죄송해요 어머니...

지금껏 단 한 번도 어머니나 할아버지의 심기를 불편하게 한 기억은 없었다. 그런 내 성격을 잘 알기 때문인지 어머니는 덤덤했다. 이미 직장을 그만 둔 것도 알고, 내 결심도 알고 있었으리라.

– 조선이란 땅에 꿀이라도 발라 놓았나. 뭐가 그리 좋다고 그러는지 에미는 이해가 가질 않는구나. 하나도 아니고 둘 다 그러니 참 내...

어머니는 체념한 듯이 혼잣말을 하셨다. 조선은 우리에게는 동경과 도전의 땅이겠지만 어머니에게야 낯설고 불안한 곳일 수밖에 없을 테니까. 그런 모습을 보니 마음이 편할 수 없었다.

– 어머니, 할아버지라면 저를 보고 빙그레 웃으셨을 거예요. 할아버지는 도자기를 좋아하셨고, 형도 그래서 조선으로 갔구요.

확신은 없는 말이었다. 고향집 뒷간에는 조그만 창고가 있었다. 거기엔 아직도 쓸 만한 손물레가 있었다. 어린 시절 할아버지는 형과 나를 앉혀놓고 그걸 돌리시곤 했다. 할아버지를 생각하면 이상하리만치 조선이라는 곳으로 가고 싶은 생각이 일었다. 그렇게 현해탄을 건너기로 마음을 굳힌 것이다.

순간, 후지산 꼭대기가 후끈 달아오르기 시작했다. 꼭짓점이 싹둑 잘려나가 부러진 연필심 같은 정상부터 붉은 모습이 서서히 드러나기 시작했다. 이미 눈은 녹아버려 신비감은 덜했지만 조선으로 향하는 나에겐 어떤 서광처럼 빛나고 있었다.

– 할 수 없구나. 내가 너희를 따라갈 수밖에...

어머니와 누나, 친구 마사토시와 애써 눈길을 외면하는 미쓰에의 배웅을 받으며 길을 나섰다. 산골 오지라 버스도 없었다. 걷다가 버스를 타고 다시 열차를 갈아타면서 사흘이 걸려 시모노세키下關 항에 도착했다. 거기서 길이 끊어졌다. 규슈九州가 손에 잡힐 듯이 앞에 있었지만 바다가 가로막았다. 거길 가려면 배를 타야한다고 했다.

난생 처음 보는 항구다. 부산을 오가는 연락선 굴뚝에서는 시커먼 연기가 솟구치고 있었다. 태어나서 그렇게 큰 배를 본 적이 없었다. 작년 1월에 취항했다는 코마마루高麗丸는 화물과 승객을 싣고 부산을 오가는데 배의 길이만 100미터 가까웠다. 수백 명의 승객이 북적이는 것이나, 정박한 배들의 모습이나 바다로 둘러싸인 모습이 시골뜨기에게는 신세계였다. 사방에 우뚝 솟은 산만 보아 왔으니 그럴 수밖에. 집에서 나설 때 5월의 날씨는 맑았지만 항구에서 출발을 앞두고는 잔뜩 찌푸리기 시작했다.

승선 수속이 끝나자 연락선은 길고 무거운 소리를 냈고, 항구는 배를 서서히 밀어냈다. 시모노세키 해협은 물살이 거칠었다. 배는 오른쪽으로 머리를 돌려 해협의 입구를 향했다. 왼쪽으로 마치 들판처럼 평평한 섬이 나타났다. 오랜 옛날 니도류로 유명했던 전설적인 검객 미야모토 무사시와 간류의 최고 검객인 사사키 고지로가 목숨을 건 결투를 벌인 곳으로 알려진 간류지마巌流島다. 당시 60대의 고지로는 20대의 떠오르는 태양 무사시의 칼에 생을 마감했다고 전해진다. 배는 오른쪽으로 히코시마彦島라는 커다란 섬을 끼고 해협을 빠져 나갔다.

사람들은 대부분 갑판으로 몰려나와 멀어지는 육지를 바라보았다. 상기된 표정들, 나처럼 이런 배를 처음 타는 사람들이 많았으리라. 손을 흔들고 이별을 하는 사람들, 대개 일본인들이었다. 무슨 사연들이 있어 이국땅으로 건너가는 것일까. 조선에 황금알이라도 기다리고 있는 것일까. 나처럼 막연한 심정으로 배에 오른 사람도 있을까. 여행이란 나를 찾으러 떠도는 고행일 터, 조선에서 나를 건져낼 수 있을까. 별의별 생각이 스쳐갔다.

선실에 들어와 보니 갑판과 달리 텅텅 비었다. 간단하게 짐을 정리하고 벽에 기대었다. 배는 커다란 움직임으로 흔들거렸다. 파도가 제법 높은 모양이다. 배멀미 같은 것도 없어 곧장 잠이 들고 말았다.

얼마나 그렇게 시간이 흘렀을까. 갑자기 심해진 배의 움직임에 잠이 깨어 갑판으로 나갔다. 출발 때와는 달리 승객들은 대부분 선실로 들어 간 듯 한산했다. 날씨는 흐렸고 물결은 떠날 때보다 훨씬 거세게 움직이고 있었다. 그때 멀리 희미하긴 하지만 커다란 섬이 눈에 들어왔다.

– 쓰시마對馬島다!

누군가가 소리쳤다.

… 쓰시마라면? 반 정도 왔다는 것인가.

바다는 장관을 연출하고 있었다. 호쿠사이의 우키요에浮世畵에서 본 만큼 거대한 파도는 아니지만 하얀 거품이 연신 일었다 사라졌다. 저기에 이런 큰 배가 아니라 고기잡이배를 띄우면 그림처럼 되지 않으리란 법도 없을 듯했다.

… 혼돈과 무질서 같은 저기에도 형언키 어려운 질서가 들어있군.

한 쪽이 도도하게 밀고 가는 듯 하지만 그것만이 아니었다. 밀고 가는 것이 아니라 사방에서 밀려온다고 해야 할 듯했다. 서로 밀려가고 밀려와 부딪쳐 정점을 이루고는 포말로 사라졌다.

… 균형과 조화로군. 아름다운 하모니.

파도는 자신만 고집하지 않았고 또 그럴 수도 없었다. 적당히 힘을 주었다가 슬며시 힘을 빼 상대와 어울리고 있었다. 어찌 보면 수만 쌍의 연인들이 왈츠를 추고 있는 듯했다.

그걸 보니 톨스토이의 소설 「카자크 사람들」이 떠올랐다. 건강한 자연에 순응하며 살아가는 아름다운 사람들이었다. 카자크 사람들이 흥겹게 춤을 추며 한데 어울려 살아가는 모습을 동경해 왔다. 광장에 모인 처녀들이 손을 맞잡고 원을 그리며 경쾌하게 춤을 추는 장면을 생각했다.

갑작스레 구름 사이로 햇살이 비집고 들어왔다. 그러자 햇볕을 받는 곳은 묘한 음영과 색채로 빛났다. 마치 스포트라이트를 받는 주인공들처럼 파도가 춤을 추었다.

… 온 세상이 저 바다처럼 춤을 출 수 있을까? 조선은 어

떤 나라일까.

멀리서 새로운 땅이 천천히 다가왔다. 10시간 가까운 운항 시간이 순간처럼 느껴지고 긴장이 바싹 몰려왔다. 조선에 발을 디뎠다.

다쿠미의 마을에서 바라 본 후지산

– 이 땅에서 산다는 것은

조선에서 시작한 첫 직장이 총독부 산림과 소속의 임업시험장이었다. 공부한 것을 살릴 수 있는 곳이었다. 조선의 산은 무주공산, 그것이었다. 산 주인은 있되 나무 주인이 없는 꼴이었다. 돌보아 줄 사람 없이 당하고만 있었다. 그러자 공공림들을 국유림화한 후, 입맛에 맞는 사람들에게 마구 벌채를 허락했던 총독부로서도 더 이상 방치할 수는 없었던 모양이다. 아니면 조선 땅이 아니라 일본의 것이라고 인식했는지 조림사업을 계획하기 시작한 것이다.

내 역할은 조선의 산을 더듬는 것으로부터 시작되었다. 민둥산이 되어버린 조선 산에 무엇이 부족하고 무엇이 필요한지를 찾아내는 일이었다. 전국의 산이 나의 일터였다. 힘든 일이었지만 나에게는 흥미로웠다. 조선 구석구석을 다닐 수 있었고, 다양한 사람들을 만날 수 있었다. 시간이 흐르고 나서는 이곳저곳에 늘린 색다른 도자기 사금파리를 보는 것도 망외의 즐거움이 되었다.

산이나 들을 보면 일본과 별반 다른 게 없지만 자세히 들여다 보면 그렇지 않았다.

조선의 여인들은 길게 기른 머리를 뒤쪽에서 말아 올려 비녀를 꽂는다. 시집을 간 여자들은 예외가 없었다. 앞이마에서 훤하게 가르마를 타고 양 옆으로 단정하게 빗은 다음 귀가 드러나도록 뒤로 모아 동그랗게 말아 비녀를 찔러 고정시켰다. 그걸 두고 '쪽을 찐 머리'라고 했다.

재미있는 것은 여자들이 그런 머리 위에 갖가지 물건을 이고 다니는 모습이었다. 시장이나 들에 갈 때 필요한 짐은 대개 머리 위로 올라갔다. 등에는 어린아이를 예사로 업은 채 말이다. 특히 우물에서 물을 길을 때는 무거운 물동이를 짚으로 동그랗게 엮은 똬리를 머리에 놓고 그 위에 이고 갔다. 어떤 때는 물동이는 한 손으로 잡고, 다른 손으로는 씻은 푸성귀 소쿠리를 들고 집으로 가기도 한다. 아찔하면서도 입이 벌어질 정도였다.

그들의 옷은 대개가 흰색이었다. 여성들은 검은 치마에 흰 저고리를, 남자들은 간혹 양복도 입지만 역시 바지저고리였다. 흰 두루마기에 갓을 갖춰 쓴 사람이나 바지저고리만 입은 사람들이 붐비는 모습을 보면 흑백의 세계다.

그들은 계급이 엄한 듯 했다. 어떤 이는 멋진 관을 쓰고 수염을 길렀는데 걸음이 몹시 느렸다. 담배를 매우 좋아했는데 특이한 것은 다양한 곰방대였다. 곰방대가 길수록 지위가 높은 듯했다. 그것이 보기 좋은 지 따라하는 일본인들도 생겨났다.

조선에는 일본처럼 기와집도 있지만 초가가 많다. 경성과는 달리 시골로 가면 거의 그랬다. 그들은 가을에 벼 이삭을 털고 난 후, 볏짚을 날라 와 햇볕 따스한 날을 골라 이엉을 엮는다. 마당은 온통 노란 짚더미다. 아이들도 옆에 앉아 짚을 한 주먹씩 건네주면 아버지는 그걸 받아 새끼를 꼬듯 엮어 간다. 그렇게 긴 두루마리로 엮은 이엉을 지붕에다 입히는데, 앞뒤 경사면을 가운데서 아우르는 용마름으로 덮어 비가 새는 것을 막는다. 마지막으로 바람에 뒤집어지지 않도록 새끼줄로 고정한다. 그러면 잿빛으로 바랬던 지붕이 황금빛으로 돌아온다. 마치 버섯의 갓 모양으로 둥근 곡선이 얼마나 아름다운지 모른다. 매년 수고로움은 있지만 이런 토담집은 겨울에도 참 포근하다. 게다가 온돌에 군불을 뜨끈하게 넣으면 그 어떤 동장군에도 끄떡없다.

조선에 도착하면서부터 조선말을 공부하기 시작했다. 변변한 교재가 없어 형에게 부탁해 소학교 교재나 1908년 통감부에서 조선인 체포를 위해 만든 조선어 수첩 등을 구해 공부했다.

일본에 있을 때 조선말은 매우 훌륭하다고 들은 적이 있다. 실제로 언어구조가 매우 합리적이라 배우기가 쉬웠다. '형'을 '성님', '성', '형아'로 부른다든가 '어디 가오?'를 '오데 갑니꺼?', '어데 가슈?'등으로 표현하듯 지역마다 다른 것은 일본이나 마찬가지다. 하지만 일본어에 비할 정도로 복잡하지는 않다. 일본어는 글자를 발음하는 방법이 때때로 달라 외워야 할 것들이 많다. 조선말은 자음과 모음만 익히면 어떤 단어든 읽을 수 있다. 예를 들어, 일본말에서 산山을 읽는 방법은 '야마' '산' '잔'등으로 때때로 다르다. 조선말은 어떤 경우에도 '산'인 것처럼 말이다.

일본사람들에게 어려운 것은 발음이었다. '안녕하십니까?'라는 인사를 일본 사람이 하려면 여간 곤혹스러운 게 아니다. '안녀엉하시모니까'라고 혀 짧은 소리가 나온다. 일본사람이 발음하기 어려운 끝소리를 조선사람들은 쉽게 발음한다. 결국 조선말이 어려운 것이 아니라 일본말이 가진 소리의 영역 때문이었다. 일본말을 하던 사람들은 발음 영역이 그렇게 굳어졌으니 자연히 따라 하기가 힘들었다.

조선으로 들어오고 얼마 지나지 않아 어머니와 누나도 뒤따라 와 우리 가족은 모두 조선으로 이주했다. 누나는 내가 취직보다 우선하여 조선어를 공부하는 것을 보고 의아해 했다.

– 다쿠미, 조선말이 그렇게 좋아? 이 주변에 너 같은 사람이 어디 있니? 오히려 조선말 하는 걸 꺼려하는데.

이제 갓 조선 땅에 들어 온 신출내기로서 딱히 대답할 말이 없었다. 두 나라 사이에 얽힌 정치적인 관계를 잘 알 수 없었기 때문이었지만 그렇다고 조선말을 공부하는 이유가 없을 리는 없었다.

… 그 나라에 가서 살려면 그 나라의 말을 배워야 하는 것은 당연하지 않을까? 그래야 그 나라의 것들을 이해할 수 있고 그들과도 어울릴 수 있지 않은가?

내가 이 나라에서 무엇을 할 지 모르지만 조선말을 모르고서는 조선에서의 일자리는 필요하지 않다고 생각했다. 일본에 있을 때 교회에서 본 외국 선교사들도 그렇게 했다.

하지만 현실은 이상했다. 1910년 '제1차 조선교육령'의 목적은 '국어를 보급하겠다'는 것이었는데, 그때 국어는 일본어였다. 조선어는 선택과목이었다고 하지만 감히 선택하기 어려운 분위기였다. 교사가 칼을 차고 교실에 들어가는 조선의 현실이란 도대체 어떤 것일까? 그들을 알아간다는 것은 조선의 문화뿐만 아니라 그들의 답답한 현실을 이해하는 일이기도 했다. 한편으론 그들의 아픔을 엿보아야 하는 일이 시작된 것이었다.

골목으로 들어서자 습기에 불어터진 바람이 쓰윽 훑고 지나갔다. 적선동의 오래된 골목은 금세 정이 들었다. 고미술품을 구경하고 수집하기 위함이지만 그냥 걷기도 한다. 완구점에는 커다란 연들이 걸려 있고, 일본 여자 어린이날 선물하는 오다이리사마나 오히메사마 인형도 언뜻 보였다. 문 옆 전봇대에는 일장기 밑에 일본말과 조선말로 '아침마다 궁성에 요배합시다'는 찌라시가 붙어 있었다. 어딜 가나 볼 수 있는 전단지였다. 꼼꼼하게 풀칠을 하여 여간해서 떼어내기 어렵게 붙어 있지만 군데군데 뜯은 흔적이 있다. 아침마다 조선인들이 동쪽 어딘가에 있다는 일본천황의 거처를 향해 90도로 허리를 숙일 때, 그들은 무얼 생각할까.

청과물 상회와 양복점을 지나갔지만 손님은 없었다.

시계포를 지나 오른쪽으로 꺾인 좁은 길에 지게 하나가 서 있었다. 지게 위에는 정성껏 삼은 짚신이 잔뜩 얹혀 있었다.

– 가면 할 일이 있어야 할 것 아닌가베?

지게 옆 허름한 술집에서 제법 큰 소리가 새어나왔다.

– 허면 경성에서 무얼 할랑가 이 말이여.

걸음을 멈추고 그들의 대화에 신경을 쏟았다.

– 똥장군이라도 지라면 질 것이고, 송장을 치우라면 치우면 될 것 아니여? 가진 거라곤 힘 쓰는 것 밖에 없응께.

– 어허, 이 잡것아. 너 같이 힘 쓰고 싶어도 못 쓰는 사람이 이 경성에는 오지게 깔렸응께.

– 참말로 헐게 그리 없단 말이시?

– 귓구녕이 막혔어야? 오죽허면 나도 짚신이나 떼어 팔러 다니것어?

– 평생 숯장사 하다가 왜놈들한테 도둑놈으로 몰렸제. 논마지기나 얻어 부쳐 볼라 했더만 지주놈들 배만 채우제.

– 염병허는 소리덜 말고 고향으로 가거라이. 죽더라도 거서 식구들이랑 같이 죽어야헌다 이말이여.

– 말 말어, 마누라년도 피똥 싸고 가뿔제... 자식 새끼덜 뿔뿔이 흩었뿐제... 이젠 잃을 것도 없응께로...

막걸리를 마시는 지, 우는 지 말이 끊어졌다. 나무상자를 어깨에 둘러멘 신기료 장수의 발걸음이 무겁게 지나가고, 종로시장 쪽에서 '솥단지나 냄비 때워–' 하는 땜장이의 소리가 끊일 듯 말 듯 들려왔다.

보이는 조선사람들의 삶은 이렇듯 매우 팍팍했다.

… 이들의 이런 삶에 기인하는 것은 무엇일까. 그들을 바라보는 나는 어떤 존재인가. 이곳에서 얻을 것은 무엇일까.

처음에는 이런 생각을 할 때마다 고향 생각이 났다. 모든 게 잘 어울려 있는 그곳 사람들은 평화로웠다. 돌아가 버릴까 하는 생각이 문득 일어나는 것은 고향 때문이기도 했지만 보지 않으면 그만이라는 마음도 있었다.

조선과 일본은 대체 어떻게 맺어진 관계인지 혼란스럽다. 나 또한 점령군의 모습일 수 있다. 그저 조선말을 지껄인다고 으스대는 꼴인지도 모른다. 산이 그랬듯이 조선사람들은 토지개혁이다 뭐다 해서 제 땅마저 빼앗기고 있다는 것도 알았다. 위생문제까지 들먹이며 조선인과는 함께 거주할 수 없다며 그들의 터전을 빼앗고 쫓아내는 일이 많다고 들었다. 믿고 싶지 않은 이야기들이 사실로 드러나고 있었다.

다쿠미, 영혼으로 만남 - 둘

다쿠미 삶의 제2막은 첫 장부터 녹록하지 않았다. 조선은 상상 이상의 땅, 황량한 곳이었다. 그를 기다리고 있던 삶은 시작부터 발단도 전개도 생략한 채 위기로 접어드는 예감을 갖게 했다. 그는 자신이 누구이며 무엇을 원하는지도 몰랐고, 조선을 둘러싸고 벌어지는 일도 모른 채 무심코 제2막을 걷어 올려버린 형국이었다.

그의 미래가 어떻게 전개될지 걱정스럽기도 하고 궁금했다. 지난밤 그와 헤어진 후 잠을 이루지 못했지만 그래도 밤은 기다려졌다.

오늘은 마치 몽롱한 꿈처럼 희미한 안개에 휩싸여 있었다. 어딘지는 분간이 어려웠으나 우린 둥그런 너럭바위 위에 앉아 있었다. 담담한 다쿠미의 모습은 달라진 게 없어 흡사 지난밤이 그대로 이어지는 듯했다.

- 지난밤 제 어머니는 일본에 간 적이 있다고 말씀드렸습니다. 오

늘도 어머니 이야기로 시작할까 합니다. 그때 선생님은 이미 이 세상에 안 계실 때 일입니다.

1937년경이었다. 일본에 돈 벌러 간 외할아버지, 즉 어머니의 아버지는 가족을 모두 일본으로 불러 들였다. 하지만 다섯이나 되는 가족 일행 중에 일본말을 할 수 있는 사람은 소학교에서 배운 게 전부이지만 여덟 살 쯤 되던 어머니 밖에 없었다.

아버지가 보내 준 아키타 주소와 찾아오는 방법을 간단히 적은 쪽지가 전부였다. 어른들도 2년 정도의 소학교 과정을 보낸 어머니에게 목을 맬 수밖에 없었다. 거창에서 부산으로 부산에서 시모노세키로 갔다. 아키타는 거기서도 너무 아득한 곳이었다.

길을 묻고 음식을 사는 일의 앞장에는 어머니가 있었다. 참 무모한 일이었겠지만 그건 지금의 생각일 뿐, 특별한 일이 아닌 시절의 이야기다. 그때 겪은 일이 얼마나 사무쳤는지 어머니의 기억은 생생했다.

… 그때 일본 사람들은 참 친절했지. 어린 게 일본말을 했으면 얼마나 했겠니. 손짓발짓 하는 게 안쓰러웠겠지. 물을 때마다 표를 끊는 곳이나 기차를 타는 곳까지 직접 데려다 주곤 했단다. 돈이 떨어져 갈 무렵 거의 구걸을 하다시피 먹거리를 구할 때도 살갑게 챙겨 주었단다. 그 먼 시골 아키타에 갈 때까지 그랬더란다. 1945

년 8월 히로시마에 원자폭탄이 떨어지고 아버지와 함께 조선으로 돌아올 때도 그건 마찬가지였지. 모두 따뜻한 사람들이었다...

어머니는 팔순이 넘는 나이까지도 그런 기억을 종종 되뇌곤 했다.

– 선생님, 어머니가 역사나 민족, 전쟁 같은 걸 어떻게 알았겠습니까. 어머니가 본 모습은 이 세상 어느 이웃들이나 보여주는 온정이었겠지요?

– 당연한 말씀이오. 또한 어느 선량한 국민들이 전쟁을 바라겠소. 일본 국민들도 제국주의의 피해자였습니다. 그것은 국민으로부터 나오는 힘을 자신의 패권으로 삼은 일부의 무리들이 빚어낸 비극의 역사지요.

– 그런 맥락에서 선생님께 묻고 싶습니다. 생전에 조선 사람들과 너무 잘 어울렸다는 걸 알고 있습니다. 그래서 어머니의 이야기를 떠올렸구요. 심지어는 선생님을 보고 '저 조선 사람은 일본말을 너무 잘 한다'는 오해를 종종 빚었다고 들었습니다.

– 그랬지요. 내가 좀 별나게 굴었나 봅니다 하하하.

– 조선옷을 입고 일본말을 잘하기도 했지만, 일본옷을 입고 조선말을 조선인보다 잘했다는 이야기를 들었다고 하던데, 말이야 그렇다 치더라도 옷을 그렇게 즐겨 입은 이유라도 있는 겁니까? 성가신

일들이 적지 않았을 텐데 말입니다.

– 아, 이 옷 말이지요…

다쿠미는 흰 저고리를 만지작거렸다.

– 조선옷으로 갈아입다

지난밤부터 간헐적으로 쏟아내던 소나기는 아침을 먹고 나자 기세를 더했다. 장마철이다. 그렇다고 예정된 일을 그만둘 수는 없었다. 벌써 호림이가 마당에 들어섰다. 그는 바늘에 실처럼 붙어 다니며 안내를 맡아주는 친구다. 순박하고 건실한 이 청년은 나의 조선말 선생이기도 하다.

산골짝의 물들은 계곡에 넘쳤고, 개울에는 징검다리도 사라졌고 물은 허리께를 넘었다. 저녁 무렵, 저자거리에 있는 주막에 도착했을 때는 몰골이 말이 아니었다.

– 주인장, 하룻밤 묵을 수 있겠소?

안에는 탁자 하나를 둘러싸고 세 사람이 술판을 벌이고 있었다. 왁자하던 그들이 조용해졌다. 짧게 깎은 머리에다 베이지색 작업복 차림의 나를 유심히 보더니 그 중 한 사람이 마치 들으라는 듯 큰 소리를 냈다.

– 저 놈, 쪽발이 아닌가.

덩치가 옆에 앉은 사람보다 두 배는 될 듯한 중년 사내였다. 벌겋게 노려보는 눈에는 술기운과 공격적 의사가 가득했다. 옆에 있던 키가 땅딸막한 사람이 막고 나섰다.

– 이 사람, 왜 그래? 큰일 날 소리를 하네.

그는 만류하는 사람을 거들떠보지도 않고 노골적으로 말을 걸어왔다

– 지 놈들이 뭔데 우리 땅을 뺏는 거야. 어이, 당신도 땅 보러 온 거야?

느닷없는 시비에 놀란 호림이가 나섰다.

– 아저씨, 선상님은요, 조선의 나무를 연구하는 사람입니더. 그런 사람이 아입니더.

– 뭐? 나무? 저그덜이 다 베어가고 있으면서 뭘 연구하겠다는 거야. 병 주고 약주는 거야? 숯쟁이 판식이 형님은 왜놈 순사한테 잡혀가 아직도 감옥소에 있잖아, 안 그래?

좌우를 돌아보며 막걸리잔을 패대기쳤다. 순식간에 벌어진 일이라 대꾸할 겨를도 없었고 섬뜩한 기분마저 들었다.

– 미안합니다만 무슨 뜻인 줄 잘 모르겠습니다.

아직 능숙하지 않은 조선말을 겨우 한마디 꺼냈다. 나는 최대한 정중하려 했다. 그러자 이번에 놀란 것은 그쪽인 모

양이었다.

– 어, 이거 뭐야?

– 제가 무슨 잘못을 했는지 말해 주시지 않겠습니까?

다시 한 번 깍듯하게 물었다. 잠깐 동안 아무도 대꾸를 하지 못했다. 잔뜩 물에 젖어 있는 나와 호림을 가만히 보고 있던 다른 사람이 일어섰다.

– 허, 생사람 잡겠네 그려. 이리 와 앉으시오. 괜찮다면 같이 한 잔 합시다.

그가 의자를 내어 밀었다. 우리도 돌변한 분위기에 엉거주춤 앉고 말았다. 맨 처음 시비를 건 사람이 그야말로 솥뚜껑 같이 큰 손을 내밀어 인사를 청했다.

– 난, 경성에 사는 '박'이라 하오.

그들은 술기운이 많이 올랐지만 서로 이름을 주고받고서는 수더분한 사람들로 돌아와 있었다.

– 이거 참, 아까는 미안했소. 내가 오늘 그럴 일이 좀 있어 눈이 뒤집힌 것 같소.

박이 거구에 어울리지 않게 머리를 긁적였다.

– 어떤 사연인지 들어봐도 되겠습니까?

내가 궁금함을 드러냈다. 막걸리 한 주전자를 더 시켜 한 순배 돌고 나자 옆에 앉은 땅딸보가 대신 입을 열었다.

– 우린 같은 고향에서 태어나고 자랐소. 이 친구는 형님과 함께 10년 전부터 열심히 밭을 개간하며 살아왔소. 이제 배나 곯지 않을 정도가 되었나 했는데... 그곳이 무슨 국유림이라나? 그래서 모두 빼앗겨 버렸소.

동양척식회사가 벌인 일을 말하고 있었다. 박이 끼어들었다.

– 난 6년 전에 이곳을 떠나 경성에 살고 있는데 오늘 그런 기가 막히는 소식을 듣고 달려 왔소. 형님은 동양척식주식회사인지 지랄인지 찾아갔다가 흠씬 두들겨 맞고 몸져 누워버렸소.

화가 치미는 듯 막걸리 한 사발을 단숨에 비웠다.

– 그랬군요.

그저 술잔만 비울 뿐 할 말이 없었다.

– 내 것이라는 증거를 대라는데 형과 내 가족이 흘린 피땀을 보여 줄 수는 없지 않소? 되레 불법 점유라고 윽박지르질 않나 참, 우라질 놈의 세상.

그의 얼굴이 다시 불쾌해지고 분위기가 가라앉았다. 밖에는 어느새 개었는지 구름 한 점 없는 하늘에 달이 밝았다. 박은 듣기만 하는 내가 딱해 보였는지 씩 웃었다.

– 다쿠미 씨, 감정이 북받쳐서 그렇소. 이해하시오.

고개를 끄덕이자 박이 주모를 불렀다. 그는 처음과는 전혀 다른 사람이 되어 있었다.

– 주모, 남는 옷 좀 없어? 이 사람들 감기 들겠어.

– 아니 괜찮습니다.

내가 놀라며 손사래를 쳤다.

– 어허, 사양한다고 옷이 마르기나 하는감? 조선옷이지만 젖은 것보다는 나을 거 아니오? 그렇게 잘 거요?

박은 완전히 누그러져 있었다. 어쩔 수 없이 주모가 가져온 옷으로 갈아입었다. 난생처음 입어보는 남의 나라 옷이었다. 옷은 많이 낡았지만 길이 잘 들었는지 촉감이 부드러웠다. 호림이가 시키는 대로 대님을 매고 옷고름을 여미고 나자 젖은 몸에 따스한 기운이 살아나기 시작했다.

– 주모, 오늘 내가 낼 테니 방에 술상 좀 봐 주.

조선옷을 입은 내가 박을 눙치게 했는지, 한결 기분이 좋아진 듯 했다. 모두들 국밥을 한 그릇씩 비우고 봉놋방으로 들었다.

– 제가 조선옷을 입으니 이상한 모양이군요 그렇죠?

– 하하하...

내가 입을 여니 그제야 모두들 참았던 웃음을 터뜨렸다. 내가 볼 땐 조선사람이나 일본사람이나 외양은 별반 차이가 없는데도 그들은 우스운 모양이다. 아무래도 조선옷을 입은 나의 몸에는 일본인이라는 인식의 옷이 덧입혀져 있을 것이다.

– 천생 조선사람이구먼. 안 그런가?

박이 능청스럽게 동의를 구하고 나섰다.

– 그런 소리 마시오. 괜히 몸이 근지럽습니다, 하하하.

– 거봐, 당신은 일본 사람이니까 하하하.

비꼬는 의도도 없었고, 언제 그랬냐는 듯 소리 내어 웃었다. 예기치 못한 일이었다.

… 옷이란 게 이런 건가. 용포를 입혀 용상에 앉히면 임금이 되고, 장군 투구를 쓰면 병사들이 고개를 숙이며, 여자가 남자 옷을 입으면 보폭이 커지는 것인가. 조선옷을 입으면 반은 조선사람이 되는 것인가.

– 앞으로도 쭈욱 입어버릴까요? 하하하.

내가 술기운에 재미로 한 말이었다.

– 어디 그럴 수 있으면 그래 보시구려. 하하하.

좌중은 잠시 조용했다가 다시금 왁자하게 웃었다. 멀리서 환한 문풍지를 울리며 다듬이질 소리가 들리기 시작했다.

– 저 소리는 당신이 입고 있는 옷을 빨아 말린 다음 풀을 먹이고, 다듬잇돌 위에 올려 방망이로 곱게 펴는 소리라오. 그러면 보드라운 감촉으로 살아나지요.

땅딸보가 다듬이질 흉내를 냈다.

소리는 갈수록 청아하게 바뀌어갔다. 옷이 점점 부드럽게 펴지는 모양이었다.

그날 밤 나는 그들의 이웃이었다. 우린 실컷 떠들다가 잠이 들었다. 벼룩과 빈대가 죽어라고 물어뜯었지만 조선에 온 이후 가장 유쾌한 밤이었다. 우린 서로가 얻은 놀라움에 가슴이 뛰었다고나 할까.

다음날 입을 옷이 없었다. 이유는 이랬다. 그날 저녁 주모는 군불을 땐 아궁이 숯불을 끌어내 우리 옷을 말리려고 했던 모양이다. 그런데 옷을 들고 불 앞에 있다가 내 옷을 태워버린 것이다. 아마 졸음이 쏟아진 모양이었다. 어쩔 수 없이 입은 채로 경성으로 돌아오고 말았다.

그로부터 얼마 지나지 않아 안양 근처에 갈 일이 있어 빌려 입은 옷을 돌려주었다. 주모는 나를 보고 입을 다물지 못했는데, 그건 내가 조선옷을 입고 돌아왔기 때문이었다. 그날 밤, 주모가 옷을 태웠다고 떨면서 말할 때 무서웠던 건 나였다. 대신 돌아오는 길은 얼마나 발걸음이 가벼웠던지…

옷이란 것이 마음을 움직인 것 같았다. 사실 마음이 아니더라도 보기에 좋았고, 입어보니 편안했다고 하면 믿을 수 있을까? 굳이 누구를 위해서, 무엇을 위해서 만들었다는 것보다 그것이 어울리는 자리가 제 자리가 되는 그릇처럼 말이다.

조선옷을 입은 뜻을 침소봉대할 생각은 없다. 내 몸에 들어맞는 옷일 뿐이고 같이 어울리기에 좋을 듯하다. 그리고 내가 할 수 있는 일이다. 누군가는 이렇게도 말할 것이다.

… 일본인인 당신이 조선옷을 걸친 것이 조선을 더욱 아프게 할 수도 있다네.

그렇다고 일부러 나를 억누르지는 않을 것이다.

– 풍경이 다를 뿐, 같은 길

조선옷을 입기로 작정했던 날이 생생하다. 대수롭지 않다는 생각은 나만의 것이었다.

– 당신 정말 그 차림으로 출근할 셈이에요?

아내는 마치 겁에 질린 듯 했다. 예상은 했지만 좀 지나친 반응이었다.

– 그렇소, 뭐 이상하오?

짐짓 모른 척하며 대님을 매는데 열중했다. 며칠 전에 조선옷을 입고 나타났을 때는 한 번 그래보는 거겠지 하는 표정이더니 오늘은 사태가 심각하다는 얼굴이다. 그래도 아내는 내 속을 꿰뚫는 듯 더 이상 말을 보태지는 않았다. 미안한 생각이 들었다.

– 별것 아니니 마음 쓰지 마오. 이것도 옷이에요. 그것도 내 몸에 딱 어울린단 말이에요. 그렇지 않소? 하하하.

그녀는 웃지 않았다. 집을 나서며 오늘 직장에 나가면 어떤 일이 일어날 지 머릿속에 그려보았다. '어, 아사카와 상, 그게 뭡니까?', '무슨 일이 있는 거요?' 등등 그들은 오늘 아침 멋진 흥밋거리를 가지게 될 것이다. 그 정도라면 괜찮다. '조센징 옷을 입다니요' 하는 험한 말도 달려들 것이다. 이해할 수 없는 건 아니지만 그런 마음이 들자 자꾸 불편해졌다. 성급한 건 아니었을까. 잠시 흔들리기도 했다.

… 다쿠미, 지금 무슨 생각을 하는 거야.

고개를 흔들어 생각을 털어냈다.

옛날 바빌로니아 사람들은 손님이 외국인이면 극진한 환대의 뜻으로 아내를 빌려주었다고 한다. 손님이 오면 남편은 집을 비워주고 손님은 집안에 있는 여자들을 마치 자기 아내처럼 여기며 지내게 된다. 집주인은 그가 머물고 있는 동안 필요한 음식이나 물건도 원하는 대로 제공했다. 가까운 곳에서 손님이 돌아갈 때까지 기다리며 집으로 들어오지 않았다고 한다.

학자들은 근친혼으로 인한 문제를 해결하기 위함이라고 해석하는데 지금 입장에선 믿기 힘든 이야기다. 중국의 어느 소수민족이나 몽골족도 그랬다고 한다. 그러고 보면 사람들이 살아가는 모습이 참 여러 가지다.

조선과 일본, 같은 것도 많지만 전혀 다른 것도 많다. 조선에 와서 느낀 흥미는 그런 것에서 출발한다. 식사 예절도 그 중 하나였다.

조선에 온 지 오래 되지 않은 어느 날이었다. 북아현동 임업사업소에 같이 근무하는 조선사람이 집에 초대를 했다. 그들과 잘 어울리고 조선말을 배우려고 노력하는 것을 괜찮게 보았는지 저녁식사를 함께 하자는 거였다. 집이래야 열댓 평이나 될까 말까한 작은 초가였다. 장독대에 옹기가 너덧 개 있고 감나무 한 그루가 돌담 곁에 가지를 늘어뜨리고 있었다. 한눈에 보아도 잘 사는 집은 아니었다.

일행은 동료 하나와 이웃에 사는 조선사람 둘이었다. 밥은 살림답지 않게 흰 쌀밥이라 괜히 미안한 마음이 들었다. 내게 무슨 힘이 있는 것도 아닌데 이렇게 대접을 하는지 모르겠다. 그런 생각을 하면서 숟가락을 들었다. 반찬은 나물이 전부였지만 아주 맛있게 고봉밥 한 그릇을 뚝딱 비워버렸다.

그런데 사업소 동료를 비롯한 일행들은 모두 밥을 다 먹지 않고 숟가락을 놓는 것이었다. 내 그릇만 깨끗하게 비었던 것이다.

– 반찬도 변변찮은데 많이 드셨소?

– 네, 아주 맛있게...

주인이 물었을 때 어설픈 조선말로 대답했다. 그러면서 뭔가 이상한 점을 발견했다.

… 이들은 왜 그럴까? 정성스레 차려준 밥을 남기는 것은 결례일 텐데.

그런데 하나같이 그런 걸 보니 뭔가 잘못되었다는 생각에 미치게 되었다. 그날만이 아니라 그들의 그릇엔 종종 밥이 남아 있었다. 배가 아주 고파 보이는데도 마찬가지였다. 웃기는 것은 주인은 더욱 채근을 하고 손님은 사양을 한다는 것이다.

– 아이구, 더 드시지...

– 아닙니다. 많이 먹었습니다.

… 왜 그런 걸까? 아예 적게 주고 다 먹으면 번거롭지도 않고 남이 먹던 음식을 먹지 않아도 될 텐데.

일본과 다른 점이었다. 이들은 이런 방식으로 상대에 대한 정을 표하고 있었다. 어렵게 살아왔고 힘들게 살아가는 사람들이 만들어낸 아름다운 전통이었다.

밥은 대개 사발에 소복하니 고봉밥이었다. 어렵게 사는 사람들에게 푸짐하게 듬뿍 퍼 주어 접대를 하고, 손님은 또 밥을 남겨 주인의 마음에 답을 하는 것이었다.

거기에 가식이 들어 있다고, 번거롭고 위생적이지도 않다고 누가 비웃을 텐가. 가득 주고 남겨 돌려주는 그것, 그렇게 서로 주고받았던 것이다. 이런 걸 두고 절묘한 조화라 할 수 있을 듯했다. 배고픈 시대를 살아가는 저들의 지혜가 아닐까 생각했다.

그들이 남기는 밥을 보면 속으론 흐뭇한 웃음이 인다. 언젠가 나도 밥을 남기고 다른 밥그릇을 쳐다보지 않을 때가 올 것이다. 그보다는 저들이 실컷 밥을 먹을 수 있는 시절이 오면 더욱 좋겠지만.

문화란 함께 살아가는 사람들의 삶의 터전에서 생겨난다. 그걸 이해하지 못하면 건널 수 없는 골을 파고야 만다. 지금 내지인[6]들이 조선으로 마구 건너오고 있다. 새로운 땅에서 무언가 일구고 싶은 모양이다. 그들의 모습에서 종종 문화의 벽을 읽는다. 그날도 그랬다.

9월 어느 일요일, 교회로 들어서자 낯익은 얼굴들이 삼삼오오로 이야기를 나누고 있었다. 서로 가볍게 인사를 나누고 구석자리를 잡았다. 몇몇 여인들이 하는 이야기가 들려왔다.

– 아까 오면서 봤죠? 조선사람들 말이에요. 이상하게 차려입고 괴상하게 춤을 추는데 몰골도 꾀죄죄한 데다 무슨 어릿광대 같았다니까요. 호호호.

6) 일본 본토에 사는 일본인을 지칭하던 말.

내가 조선옷을 입고 있어 그런지 조금은 소리를 낮추는 듯 했지만 여인의 말은 내 귀에 다 들릴 정도였다. 이야기를 하는 여인은 값비싼 기모노를 차려 입었다.

– 그래요. 먹고 입을 것도 제대로 없는 사람들이 뭔 신명이 난다고 저리들 몰려다니는 지. 제 정신이 아니에요. 먹고 살 궁리나 해야지.

양장 차림의 여인이 맞장구를 쳤다.

… 아 그렇구나. 오늘은 백중절이군.

이 시절이면 논밭에 심어 놓은 백 가지 곡식들이 뜨거운 햇살 아래서 익어간다. 봄부터 숨 돌릴 사이 없이 바빴던 사람들도 잠시 일손을 놓는다. 덩달아 고된 짐을 지고 논밭을 갈아야 했던 소들도 휴식을 취하는 계절이다. 일본에서도 이때쯤이면 봉오도리盆踊り[7]라 하여 각 지방에서 조상의 영혼을 위로하는 축제를 연다.

백중은 원래 불교에서 중시하던 의식이었지만, 지금은 그런 의식보다는 농민들의 축제로 남아있는 듯했다. 일찍 익은 과일을 따서 조상의 사당에 차례를 지내기도 했으며, 머슴들도 하루를 쉬게 하고 용돈을 주었다고도 한다. 머슴들은 그 돈

---

7) 오봉(우리의 추석에 해당) 때 밤에 마을 주민들이 모여 추는 춤.

으로 장에 가서 술과 음식을 산다. 그래서 '백중장'이라는 말이 생기게 되었다고 한다.

백중장은 장꾼들이 많아 매우 활기를 띠었다. 취흥에 젖은 농민들은 농악을 연주하며 춤을 추고 씨름판도 벌이며 장터에는 남사당패가 와서 흥을 돋우기도 한다.

농민들의 춤은 한이 실려 있기도 하지만 궁극적으로는 풀어냄이었다. 징을 잡은 사람, 북을 치는 사람, 장구를 치는 사람, 사모를 돌리는 광대, 꽹과리를 잡은 길잡이를 따라 오색 깃발을 들고 사람들이 따른다. 답답하고 힘든 시절을 넘어가는 춤사위지만 저들의 얼굴에는 그늘이 없었다.

볼만한 광경이었다. 그 속에 있으면 어깨가 들썩이고 어떤 기운 같은 것이 뻗쳐 나와 흠칫 할 때도 있다. 비슷한 일본의 봉오도리 행사보다 훨씬 자연스러우며 예술성이 짙게 묻어나는 것 같다. 민예란 건 바로 저렇게 민중의 삶 속에 살아있어야 한다.

그걸 보고 우스꽝스럽다느니 기괴하다고 하는 건 추문에 다름이 아니다. 그건 교회에서 아무리 빌고 간구해도 얻을 수 없다. 나와 다른 사람에 대한 관심과 이해로부터 구할 수 있다. 그래야 바빌로니아의 풍습이나 조선의 식사예절이 잘못되었다고 하는 편견을 가지지 않을 것이다.

내지인들은 맹목에 가까울 정도로 이 나라의 차사발이나 청자, 백자를 탐한다고 들었다. 그것이 무슨 전리품이나 기념품이라도 되는 양 '돌아갈 때는 멋진 청자 한 점 가지고 가고 싶다'며 안달한다고 한다. 내가 입은 옷에 대한 시선과 조선의 도자기를 향한 동경은 왜 그리 다른 것일까.

– 조선옷, 그 따뜻함과 무거움

언제였던가. 호림이와 함께 도예가인 도미모토 겐키치富本憲吉를 마중하러 가는 날이었다. 도미모토는 대지주의 집안을 이어야 했지만 부모의 반대를 무릅쓰고 자신의 의지대로 도쿄미술학교에서 건축과 실내디자인을 공부했다. 게다가 영국 유학까지 마친 후엔 돌연 도자기에 빠졌고, 단번에 자신의 세계를 갖춘 인물이었다. 얼마 전엔 '조선의 연적'을 발표했다. 형이 그와 편지를 주고받고 있었기에 들은 내용들이다.

그와 처음 만나지만 늘 하던 대로 조선 두루마기를 갖추었다. 조선옷을 입고 종로나 혼마치를 걸을 때면 나는 '나'를 놓기가 힘들다. 기가 막히는 일이지만 내 정체는 쉽게 노출된다. 고미술품 가게에서, 식당에서 벌어지는 일도 대개 거기서 거기였다.

조선말을 잘 해도 물건을 흥정하는 주인은 잠시 뜸을 들이며 내 몸을 훑어본다. 얼굴을 붉힐 일도 아니지만 불편하다.

– 주인장, 이 놋주발은 얼마나 합니까?

살 의향이 없었지만 어색함을 지우려 흥정으로 돌려보기도 한다.

– 어디 사람인가요?

주인은 물건을 팔기보다는 이쪽 형편을 알고 싶은 것이다. 동질감으로 다가오는 호의라는 걸 모르는 바는 아니다. 씩 웃어 주는 편이 좋으리라 생각도 해보지만, 어색함을 지우기는 어렵다.

그것만이 아니다. 옆에 서있던 양복쟁이도 오동나무로 만든 경대를 살피다가 그런 주인과 나를 번갈아 쳐다본다. 일본인이 틀림없다. 내색은 안 해도 양복쟁이의 놀라움이 큰 것은 튀어나올 것 같은 눈알을 보면 안다. 경대보다 놋주발보다 신기한 물건이 나타났다고 생각하는 거다. 주인보다는 경멸 쪽이겠지만, 굳이 그럴 이유도 없으니 머릿속이 복잡한 듯하다.

신발이며 비녀, 노리개를 만져보다가 '도자기는 없습니까?'라거나, '나막신이 예쁘군요' 하면, 둘의 재미는 더욱 쏠쏠하다. 나는 제대로 된 구경거리다. 몇 년 동안 입었다고 바지저고리와 두루마기에 꽂히는 시선에 둔감한 건 아니었다. 닮고

닳으면 무디어질 것 같지만 오히려 민감해지는 경우도 많다. 수십 년 동안 물레를 차면 오히려 손가락과 손바닥은 뜨거운 밥그릇을 잡지 못하는 것처럼 말이다.

사람들은 묶거나 나누기를 즐기는 듯하다. 묶고 나누어서 싫거나 좋다고 정리해 버린다. 나는 쉽게 묶이거나 나누어지기 어려운 소재였다. 왜 그런지는 알 듯 하지만 왜 그래야 하는지는 알 수 없었다. 조선옷을 입고 나서부터는 이래저래 이야깃거리가 생겨났다.

그날 역은 붐비지 않았고 우린 어렵지 않게 서로를 알아볼 수 있었다. 30대 중반의 도미모토는 유학파답게 세련되어 보였다. 서글서글한 눈매에 이목구비가 뚜렷했다. 그는 한 달 정도 내 집에서 기거하도록 되어 있었기에 되돌아오는 전차에 올랐다.

종로 쯤 왔을 때 일이었다. 손님을 태운 전차가 출발하기 바로 전에 마흔 중반 쯤 된 내지인으로 보이는 두 사람이 급히 올라왔다. 그리고는 두리번거리며 빈자리를 찾았다.

– 코라, 아찌니이케!(이놈, 저리 비켜)

그들은 빈자리가 보이지 않자 다짜고짜 내 옆에 앉은 사람을 혐오스런 물건처럼 밀쳐버렸다. 자리가 비좁아지자 조선

사람은 슬그머니 일어섰다. 차림새로 보나 웃고 떠드는 이야기로 보나 조선에 놀러온 사람들 같았다. 조선의 여자 이야기며, 먹을거리, 옷에 대해 제멋대로 떠들었다. 그 중 하나가 옆에 앉은 내 옷을 느닷없이 홱 잡아당기며 동료에게 말했다.

– 야, 이것 봐 제법 질이 좋지? 난 조선에 온 지 오래되었는데 조센징, 요보[8]들은 이런 흰 옷을 무척 좋아하지.

놈은 내 두루마기를 잡은 채 이야기를 나누었다. 나는 어정쩡한 자세가 되었고, 차 안 사람들의 시선이 나에게 쏠렸다. 잘 손질된 옷이 뒤틀렸다. 도미모토와 호림이는 갑자기 벌어진 광경에 어찌할 줄을 모르고 있었다. 그 놈이 나를 힐끗 보았지만 나는 미동도 하지 않았다. 그러자 부아가 치밀었는지, 장난기가 발동했는지 음흉하게 웃었다.

– 힘들지? 조센징?

말이 끝나기가 무섭게 사정없이 잡아당겼다. 그 바람에 그대로 나동그라지면서 반대쪽 벽까지 굴렀다. 예상치 못한 일이라 정신이 하나도 없었다. 도미모토가 벌떡 일어나 나에게 다가왔다. 그때였다.

8) 일본인들이 조선사람을 낮춰 부르던 말.

– 선상님 아이구 이게 무슨 일입니까요. 저를 알아보겠습니까?

뒤쪽에서 몸집이 큰 사내가 달려와 나를 일으켰다. 그걸 보고 놈들은 재미있다고 낄낄대고 웃었다. 그러자 나를 일으키던 사내의 인상이 험악하게 변했다.

– 이 분은 당신들과 같은 일본인이란 말이여!

그들은 사내의 기세에 잠시 움찔했지만 개의치 않았다 .

– 고노야로! 이 새끼가 뭐라고 지껄이는 거야?

가만히 보니 누군지 알 것 같았다. 같은 동네에 사는 사람이었다. 내지인들이 사내에게 달려들 기세로 덤비려 했다.

– 야메테 구다사이!(그만 하세요!)

도미모토가 소리를 지르자 잠깐 침묵이 흘렀다. 전차 안에 긴장감이 돌았다. 그때 사내가 뒤를 보고 딱 버티고 서더니 전차 안이 크게 울리도록 소리쳤다.

– 여러분, 이 사람은 조선옷을 입었지만 일본 사람이오. 그런데 저한테는 너무 고마운 사람입니더. 제 아들이 돈이 없어 학교를 그만 둔다고 하자 일부러 찾아와 대신 학비를 대 준 은인입니다.

사람들이 여기저기서 수군거리자 내지인들은 다소 당황하는 듯 했다.

– 이 사람들은 자기 나라 사람도 몰라보고 이렇게 행패를 부립니다요. 개만도 못하지요?

– 와아!

사내가 내지인들을 가리키자 사람들이 환호성을 질렀다. 그들은 갑작스레 돌변한 상황에 얼굴이 붉어지며 함부로 나서지도 못하고 어찌할 바를 몰랐다.

– 모두 그만 하시오!

일이 더 이상 꼬여서는 안 된다고 생각했다. 그때 전차가 서더니 순사들이 올라왔다. 그들이 순사에게 몰려갔다. 결국 우린 함께 가까운 경찰서로 갈 수밖에 없었다. 경찰서에서 들어서자 그들은 기고만장했다.

– 이 조센징들이 감히 우릴 우습게 보았단 말이오. 까딱했다간 집단폭행을 당할 수도 있었다니까요.

가만히 듣고 있던 내가 순사를 향해 차분하게 말했다.

– 폭행을 한 사람은 바로 저들이오. 우린 가만히 있었단 말이오. 당신들 솔직하게 말해 보시오.

– 그건 사실입니다. 난 이 분 일행이오.

도미모토가 점잖게 거들었다. 그들은 잘못한 걸 뻔히 알지만, 이렇게 되고 보니 무작정 조센징이라고 깔아뭉갤 수도 없는 일이었다. 그 중 하나가 나를 보며 물었다.

– 당신은 일본인이오?

– 그게 문제인가요? 그것 때문에 바뀔 일이라도 있단 말이오?

내가 정색을 하며 그를 쳐다보았다.

– 이 사람이 일본 사람인 것은 나도 잘 아오.

조사를 하던 순사가 그들에게 말했다. 그들이 뭐라고 수군거리자 순사는 나를 보며 투덜댔다.

– 쓸데없이 조선옷은 왜 입어가지고 참내...

고개를 돌려 쏘아보자 순사는 시선을 피하며 말머리를 돌렸다.

– 자자. 뭐 특별히 상한 곳도 없으니 이 선에서 마무리 합시다.

… 사과를 하시오.

바람직하지 않은 줄은 알지만 입 안에서 맴도는 말을 꾹꾹 눌러 삼키고 말았다. 소용없는 일이라는 걸 안다. 그게 이 나라에서 내가 터득한 대응방식이었다. 이런 일들이 반복되는 것이 성가신 것은 분명하다. 그럴 때마다 무거워지는 것은 솜두루마기가 아니라 발걸음이나 마음이었다. 그래도 이 한겨울 그걸 입는 것은 따뜻한 온기 때문이다.

조선에는 중이 제 머리 깎지 못한다는 말이 있다. 부모마저 등진 사람들이 누구에게 머리를 맡긴다는 게 우스운 말이기도 하다. 나는 출가 하지 않아도 내 머리를 내가 깎는다. 이젠 능숙하며 너무나 자연스럽다. 어쩌면 그런 내 머리에 어울리는 것은 조선옷이라 그런지도 모른다. 내 단장은 내가 결정하는 법이니까.

도미모토는 이 희한한 광경의 실마리를 잡지 못하는 듯 집에 도착할 때까지 말이 없었다.

다쿠미, 영혼으로 만남 - 셋

지난밤 조선옷에 대한 이야기를 듣고 나서 그런지 오늘은 꽤 가까워진 느낌이었다. 내심 오늘밤에는 다쿠미의 삶 제2막을 지배했던 도자기로 정했다. 거기엔 다쿠미의 애증이 교차할 거란 예감이 들었다. 그러니 말을 꺼내기도 쉽지 않지만 기대와 설렘이 커지는 것도 어쩔 수 없었다.

- 선생님, 가와이 간지로河井寬次郎를 아시지요? 조선 진사도자기에 매료되었다던.

- 아다마다요. 그 사람은 천재에다가 열정도 붉은 진사만큼 뜨거웠죠. 제가 재혼을 할 때도 그가 마음을 많이 써 주었다오.

- 아, 그런 일이 있었습니까? 정말 좋은 인연이군요. 하하하.

- 가와이는 타고난 도공이었지요. 강렬하고 화려한 중국의 채색에 매료되었지만 곧바로 자신의 독창적인 세계와 융합시켰다오. 전

통적인 도자기 가문 출신도 아닌데 필마단기로 일본 도예계에 뛰어 들어 자신의 아성을 굳힌 인물입니다. 젊은 나이에 '국보급'이니 '혜성', '신성' 같은 평판을 얻었으니... 보기 드문 일이었소.

- 선생님은 모르겠지만 가와이는 만년에 인간국보나 문화훈장을 거부한 걸로도 유명한데 그래서 '무관의 도공'으로 불린답니다.

- 음, 이해할만 하오. 야나기와도 각별했고 그와 민예운동을 함께 추진했었는데 열정적인 모습과는 달리 매우 소탈했었으니까요. 예술가보다는 한 사람의 도공으로 남기를 바라는 마음이었을 겁니다.

1919년 가와이는 후배 도예가였던 하마다 쇼지와 함께 중국의 도자기를 공부한 후에 조선 여행을 시작했다. 평양에서 있었던 일이다. 허기도 채우고 술도 한 잔 할 요량으로 요릿집을 찾았다. 술잔을 들던 가와이의 눈에 충격적인 물건이 들어왔다. 검붉은 진사9)와 청화10)로 무늬를 놓은 자그마한 백자항아리였다. 항아리는 젓가락과 숟가락을 꽂는 용도로 사용되고 있었다. 그걸 보는 순간 가와이는 가슴에 뜨거운 무엇이 솟구쳤고, 조선의 진사가 마음에 꽂히고

---

9) 일본식 표현이다. 산화동(녹슨 구리)을 섞어 만든 안료나 유약을 사용하는 기법인데 한국에서는 동화, 동유라 칭한다.

10) 주로 백자에 그림이나 글씨를 넣을 때 사용하던 파란 색의 코발트 안료. 회회청이라고 불리는데 조선 초 중기의 최고급 안료였다.

말았다고 한다.

- 선생님, 가와이는 여느 사람들처럼 그걸 가지려고 안달하지는 않았던 모양입니다. 그저 그 자리에서의 역할대로 받아들였던 것 같습니다. 당시 조선의 도자기는 주로 가치로 평가되었는데 다쿠미 선생님도 그렇게 본 것 같지는 않습니다.

- 무슨 뜻으로 하는 말이오?

- 당시의 주된 관심은 소장가치나 예술로써 국한되었다고 봅니다. 가와이는 단지 그 작품에 꽂혔지만 선생님은 그와는 다르지 않느냐는 겁니다.

다쿠미는 잠자코 고개를 끄덕이다 입을 열었다.

- 당신도 어린 시절 왜사기나 스테인리스 그릇을 보면서 자랐겠죠? 저는 가마터 조사 때는 깊은 산중까지 돌아다녔는데 산사든 집이든 꼭 주방을 둘러보는 버릇이 있었소. 그런데 거의 대부분 조선 도자기가 아니라 왜사기였어요. 조선 도자기의 미래가 어둡다는 걸 느끼는 순간이기도 했다오. 그런 면에서 저는 가와이와는 다른 방향으로 본 건 사실입니다.

- 그렇습니다. 도자기를 빼고 선생님을 이야기 할 수 없지만 그 속에서도 무언가 다른 것이 있을 듯합니다. 좀 구체적으로 첫 장을 열어주시겠습니까?

'애증'이었을 거라는 내 판단처럼 다쿠미는 다소 곤혹스러운 표정을 지었다.

– 나에게 조선의 도자기는 양날의 검과 같았소... 그 시작은 형으로부터였지요.

청화백자 추초무늬 모따기 항아리(단지)
아사카와 노리다카가 야나기에게 선물로 주었다.

– 한 점 백자 항아리에 빠지다

조선 현실은 나를 혼란으로 밀어 넣었다. 그래도 숨통을 틔게 한 것이 있다면 야나기 무네요시라는 인물과 끈이 닿았다는 거다. 그건 순전히 노리다카 형과 그의 인연이 가져다준 행운이었다. 조선에 온 지 일 년 쯤 되었을까. 형과 함께 야나기를 만나기 위해 경부선 열차에 몸을 실었다. 고국에 간다는 사실에 약간 흥분이 일긴 했지만 그보다는 야나기를 만난다는 것이 설레게 했다. 야나기는 나보다 두 살 많지만 이미 미술평론가로 세상의 이목을 끌고 있었다.

형은 이번이 그와의 두 번째 만남이라고 했다. 형은 예술에 관해서는 타고난 감각을 지닌 듯했다. 조선으로 오게 된 이유는 도자기에 있었다. 지금도 그렇지만 일본 사람들이 사족을 못 쓰는 청자를 보기 위해 이왕가 미술관을 찾았는데 그 길로 조선에 눌러 앉은 것만 보아도 알 수 있다. 지금은 또 조각에까지 도전하고 있는 모양이다.

– 형, 그 백자항아리 빨리 보고 싶어요.

– 그래, 나도 마찬가지야.

– 한데 왜 그걸 야나기 상에게 주었죠? 아까웠을 텐데...

형은 빙그레 웃으며 대답 대신 창밖으로 고개를 돌렸다. 열차는 막 대전역을 지나 대구를 향해 달리고 있었다. 들판엔 하얗게 눈이 내려 앉아 있다. 그것이 벼를 베어낸 논의 황량함을 덮어주고 있었다. 잠시 후 형이 입을 열었다.

– 박물관에서 아름다운 청자를 보면서 '나도 명품을 하나 쯤 갖고 싶다'는 욕망이 가슴 저 밑바닥에서부터 일어났었지. 그만큼 아름답고 신비로웠지. 이 조그만 나라에 어찌 저런 보물들이 쌓여 있었을까 정말 놀라웠어. 하지만 너도 알다시피 그들은 내 처지에서는 너무 비싸 구입할 엄두도 내지 못했지. 거의 매일 그들을 보러갔지만 날이 갈수록 감탄보다는 우울함이 몰려오더군. 그날도 그런 기분으로 고미술품 가게들을 둘러보았지. 혹시 괜찮은 게 있을까 하고 말이야.

그 도자기를 만났던 날 이야기를 꺼내고 있었다. 전에도 들었던 말이었지만 신이 난 형을 막고 싶지 않았다.

– 고미술품들이 아무렇게나 널려 있는 어느 가게 앞을 지나는데 내 발걸음을 잡는 녀석이 있었지. 해가 기울었지만

아직 어둠은 깔리지 않았을 때인데, 한 쪽 구석에 그 녀석이 하얀 얼굴로 나를 바라보고 있는 게 아니겠어? 한참을 바라보다가 그놈을 주워들었는데 마음을 흠뻑 끄는 조그만 백자항아리였지. 주인을 불러 가격을 물어보니 충분히 내가 살 수 있는 값이었다.

– 5엔을 주었다고 했죠? 고려청자는 아름답긴 하지만 어떤 면에서는 차가운데 그 조선 백자항아리는 마치 살아서 나에게 다정한 말을 건네는 친구와도 같았다고 하셨구요.

– 하하 그래 맞아. 내가 이야기 했었나. 그때 눈이 확 열리는 느낌이었어. 무의식 중에 찾고 있던 아름다움이라는 생각, 조선 공예의 또 다른 진수를 찾은 뿌듯함이 몰려왔단다.

청화백자 추초무늬 모따기 항아리[11]. 유백색 백자에 청화안료로 들국화 무늬를 그려 넣은 항아리였다. 은은한 분위기를 지녔으며 오래 사용한 듯 연륜이 곳곳에 묻어났다. 특이하게도 바깥을 여섯 면으로 모따기, 즉 각이 지게 하여 안정감을 갖추고 있었다.

형의 말처럼 조선백자는 차갑지 않고 부드럽고 따뜻하다. 흰 옷을 많이 입고 다니는 조선사람을 닮았다는 생각이 들

---

11) 앞쪽 78쪽 그림, 도쿄 민예관 소장.

었다. 형은 모두가 청자에 미쳐 있을 때 백자를 찾아냈다. 그건 대리만족이 아니라 조선백자의 절대적인 아름다움에 있었다. 그 항아리는 조선으로 건너 온 나를 마법처럼 이끌었다. 나를 이끈 힘이 이것이었나 하는 생각마저 들게 했다.

… 그 항아리가 형에겐 마치 혜능의 금강경이 된 것 같아.

석가모니로부터 시작된 법을 여섯 번째로 받은 혜능은 원래 가난한데다 글을 읽지도 못했다. 그런 그에게 시장에서 우연히 들려 온 금강경 한 구절이 혜능을 깨달음으로 이끌었다. 그로부터 형은 조선 도자기의 늪에 빠졌고, 내게도 벗어나는 이야기가 아니라는 예감이 들었다.

– 야나기는 그것의 가치를 알아 줄 수 있는 사람이야. 아까운 게 아니라 그 만남은 새로운 길을 열게 할 것이라 확신해.

인연이라는 걸 말하는 것일 게다. 형과 조선백자의 만남은 야나기를 끌어들였고, 나도 그 인연의 소용돌이 속으로 휘말려 들고 있었다.

지바千葉 아비코我孫子에서 처음 만난 스물일곱의 야나기는 곱슬머리에 미간이 좁고 인중도 짧아 단단한 인상을 가졌다. 둘은 조각에 대해서 많은 이야기를 나누었다. 듣고 있자니 이번 여행의 목적인 듯 했다. 1년 전, 미술을 전공한 형이 야나기가 로댕의 작품을 가지고 있다는 소문만 듣고 무작정 그를 찾아갔을 때 그 항아리를 주었다는 걸 오늘 처음 알았다. 형도 아까웠겠지만 돌아보면 그건 어떤 알 수 없는 힘, 인연의 힘이 이끌었던 게 아닌가 싶다.

야나기는 놀랍게도 모따기항아리와 함께 몇 점의 백자를 보여 주었다. 도쿄 간다神田에서 맘에 들어 사 놓은 것이라 했다. 모두 조선 청화백자였다. 처음에는 그게 조선의 것인 줄은 생각하지 못했다고 했다. 그걸 보면 야나기의 안목도 대단하다 싶었다. 조선을 알기 전에 이미 조선의 도자기에 단단히 빠져 있었던 셈이다.

– 요즘은 하루 빨리 조선에 가고 싶은 생각이 불쑥불쑥 일어납니다. 정교하지는 않지만 얼마나 부드럽고 정겨운지 모르겠소.

야나기는 모따기항아리를 보며 말했다.

그러자 형이 호주머니에서 사진 한 장을 꺼냈다. 사진 속에는 얼마 전에 형이 구입한 청화백자 진사연꽃무늬 항아리[12]가 있었다. 야나기는 눈을 가늘게 뜨고 사진을 뚫어져라 응시했다.

– 이건 마치 피안의 세계 같군요. 누가 이처럼 단정하고 그

12) 오사카시립동양도자 미술관 소장. 노리다카가 소장했던 것인데 어떤 과정으로 그곳으로 갔는지는 알 수 없는 명품이다.

청화백자 진사연꽃무늬 항아리

윽한 세계를 빚어낼 수 있단 말인가?

야나기 무네요시는 혼잣말처럼 중얼거렸다. 탁자 옆 화로에 놓인 무쇠솥에서 김이 오르며, 가냘픈 댓피리 소리가 일기 시작했다. 차를 준비할 요량으로 올려놓은 물이 끓기 시작한 모양이었다.

– 장담하지만 이것은 조선의 어떤 걸작들과도 어깨를 견줄 만한 물건이지요. 문양은 단순하지만 전체적으로 보면 쉬 흉내 내기가 어려운 구도지요.

야나기는 눈에 빛을 발하며 형의 말에 고개를 끄덕였다. 나는 형이 수집한 그 작품을 이미 여러 번 보았다.

높이 약 45cm, 둥근 어깨부분의 넓이가 33cm 정도 되는 청화백자진사연꽃무늬 항아리이다. 달항아리와는 달리 굽으로부터 거침없이 쭉 뽑아 올렸는데, 위로 오를수록 점점 넓어져 풍만한 어깨에서 절정을 이루었다. 원만한 어깨에서 쭉 빠져 내리는 허리를 보면 아찔하면서도 시원했다. 아가리와 목은 짧고, 목 부분의 구름무늬, 연잎과 줄기도 간결하게 처리했다. 청화는 가능한 한 절제했다. 두 송이의 꽃, 막 꽃봉오리가 맺은 연꽃과 만개한 연꽃은 진사를 사용했는데, 불그스레한 꽃잎에는 오묘하게도 녹색이 섞여 있었다. 기막힌

발색이었다.

– 도자기 보는 눈이 일천하지만 말씀대로 더 이상의 명품은 없을 듯도 합니다. 사진이라 색을 제대로 느낄 수는 없지만 이미 제 눈에 선하군요. 무늬는 단순하지만 마치 신비로운 안개 속에 붉은 연꽃이 피어난 듯합니다.

야나기의 시선은 사진 속의 백자에서 뗄 줄을 몰랐다.

– 아마 저 연꽃은 곧 잎을 지우겠지만 밑에 또 하나의 꽃봉오리가 있지 않소? 단 두 송이로써 영원한 자연의 섭리를 말하는 듯도 하고...

– 네, 조선의 백자는 사람을 요란스레 끌지는 않지만, 보고 있으면 그저 빨려 들어갈 뿐이죠.

야나기는 형의 말에 가만히 고개를 끄덕였다. 대수롭지 않게 생각했던 조선에 이런 명품들이 있으리라고는 상상하지도 못했던 듯했다.

– 아사카와 선생, 어떻게 이런 걸작을 구했소?

– 경성의 고물상이나 고미술상에는 꽤 훌륭한 작품들이 많습니다. 시간과 인내를 가지면 언제든지 이런 걸 찾을 수 있을 겁니다.

– 조선에는 명품이 그렇게 많다는 겁니까?

– 작품을 바라보는 시각의 차이에 따라서도 대답은 다를

수 있겠지요.

– 무슨 뜻입니까?

– 예를 들어 일본 수장가들의 청자에 대한 집착을 감안하면 이런 백자 같은 명품은 많을 수도 있고, 또 그런 시각만 가지면 명품을 볼 수도 없겠지요.

야나기는 형과 내 얼굴을 번갈아 쳐다보았다. 형은 지금 일본의 수장가들이 얼마나 청자에 미쳐 있는지에 대해 말하고 있었다. 야나기가 그걸 쉽게 느낄 수는 없을 것이다.

– 내 몸이 아주 달아오르기 시작하는군요. 곧 조선에서 명품들과 두 분을 보게 될 것 같군요.

우리가 그의 집을 떠날 때 한 말이었다. 그의 말에는 절실함이 묻어 있었다. 그 중심에 오랜 세월의 더께가 앉은 작은 항아리 하나가 있었다. 형으로 하여금 모든 것을 내려놓도록 하였고, 젊고 열정적인 미술평론가를 관심 밖에 있던 조선 공예의 세계로 단번에 끌어들였다. 무엇이 어떻게 될지는 모르겠지만 나도 이미 예외는 아니었다. 우린 조그만 백자항아리 하나에 운명처럼 묶인 채 야나기의 집을 나섰다.

– 청자의 운명을 만나다

야나기와 백자를 만나는 순간 나의 도자기 편력이 시작되었다. 조선으로 돌아오자마자 서둘러 오랜 역사 속에 묻혀 있다는 청자의 고향을 찾아 나섰다. 전라도 강진이었다.

칠량을 지나 걷는 강진만의 해안선은 꼬불꼬불했다. 바다 건너 마을이 손에 잡힐 듯 좁다란 만이 불쑥 땅으로 파고들어 마치 여인의 자궁처럼 아늑한 강진만이었다. 자그마한 죽도 옆에 가우도가 마치 형이라도 된 듯 의젓하게 떠 있었다. 호림이가 물었다.

– 선상님은 바다를 많이 보셨습니까?

내가 태어나고 자란 가부토 마을은 사방이 막힌 분지였다. 2,500미터가 넘는 고봉준령들 품 안에 자리 잡고 있었다. 강진만은 아늑하기로야 다를 게 없지만 바다를 보지 못하고 자랐기에 새삼스러웠다.

– 아니, 내가 살던 곳에서 바다를 본다는 건 쉬운 일이 아니야. 나도 조선에 올 때, 시모노세키에서 처음으로 넓은 바다를 보았지.

– 와! 그렀심니꺼?

– 그래, 내 고향은 산으로 둘러싸인 곳인데 해발이 높아 여름에도 더위를 모르고 살았지.

– 마, 선상님은 산골 촌놈이네요?

– 촌놈? 하하하 그래 난 촌놈이다. 니는 촌놈 아이가?

– 지는 그래도 부산이 가까워 마이 가 봤다 아입니꺼?

호림이의 말투를 흉내 내며 웃었다. 해변을 따라 이어진 길을 묻고 물어 두 시간 넘어 걸었을까, 멀리 촌락이 보였다. 거기가 사당리라고 했다.

마을 어귀에 들어서자 바다를 굽어보는 나지막한 여계산을 배경으로 수십 채의 가옥이 나타났다. 대부분 초가였지만 마을 가운데 기와집이 내가 찾는 곳이었다. 형이 말해 준 그대로였다.

마을에서 가장 큰 집이었다. 큰 집이라 해 보았자 세 칸짜리에 기와를 얹었고, 작은 사랑채가 달린 집이었다. 솟을대문이 있는 것도 아니고, 흙과 자갈을 섞어 이긴 황토로 낮게 담을 두르고, 송판으로 짜 맞춘 대문이 달려 있었다. 손으로

문을 밀자 쉽게 열렸다.

– 어르신 계십니까?

아무런 기척이 없었다. 조금 있으니 안방 문이 열리고 아가씨가 나왔다. 갓 스물이 넘었을까. 무명저고리를 입고 긴머리를 뒤로 묶었는데, 멀리서 보아도 얼굴 윤곽이 뚜렷했다.

– 누구신지요?

달항아리 같이 하얀 얼굴에 박힌 까만 눈동자엔 경계의 빛이 역력했다.

– 변수[13] 어른을 뵈고 싶어 왔습니다.

– 소담아, 누가 온 게냐?

섬돌 앞으로 다가갔다. 방 안에서 두 사람이 내다보고 있었다.

– 저는 아사카와 다쿠미라고 합니다. 실례가 될...

– 워메! 저누마도 왜놈이구마이라. 어치케 이것들이 성님 집을 각단내기로 작정을 혔나. 에라이, 호로자슥들!

내 말이 끝나기 전에 술기운에 젖은 소리와 함께 목침이 날라 왔다. 삼베옷을 입을 사내가 던진 것이다. 난 목침을 맞

---

13) 관요인 분원에는 분야 별로 관장하는 사기장들이 있었는데, 변수는 그 중의 우두머리.

고 주저앉고 말았다.

– 아입니더. 그기 아인기라요. 선상님은 그런 사람이 아입니더.

호림이 잽싸게 내 앞을 막고 나섰다.

– 어허 성님, 조것을 워쩌까이? 다리몽댕이를 확 조져뿔까요?

술에 취한 듯한 사내는 당장이라도 내려와 멱살을 잡을 태세였다. 옆에 있던 사람이 섬잖게 제지했다.

– 동상, 그만 두게. 많이 취했네.

– 왜노무 자슥들은 도자기에 미쳐뿌린 게 확실혀요. 주야장창 들쑤시고 다니니. 인간이 헐 짓을 혀야지 원.

나는 한참 잘못된 것을 느꼈다.

– 무슨 일인지는 모르겠지만 심려를 끼쳐 죄송합니다. 다시 찾아뵙겠습니다.

가슴의 통증을 쓸며 일어났다. 그는 박박 깎은 머리에 회색 고의적삼을 입은 괴이한(?) 나를 뚫어져라 바라보았다. 그러더니 들어오라는 손짓을 했다.

– 성님, 저런 불한당 같은 눔들을 방에 들인다요?

– 동상은 그만 가 보게나.

사내는 침을 카악 뱉더니 나를 흘겨 보며 대문을 나섰다.

여름이었지만 뒷문이 열려 있어 방은 시원했다. 그는 칠순은 넘은 듯했고, 긴 수염을 가진 점잖은 모습이었다. 노구였지만 체격은 건장한 편이었다.

– 조선말을 참 잘 하는군요.

– 백천수 어르신 맞으시지요? 혹시 아사카와 노리다카라는 일본사람을 아시는지요?

나는 말끝을 피하며 조심스레 물었다.

– 노리다카라... 기억하오. 두어 번 여길 온 적이 있소만, 헌데 당신은 누구시오?

– 제가 동생입니다. 아사카와 다쿠미라고 합니다. 형에게 말씀을 많이 들었습니다. 경기도 광주에 있던 조선 마지막 분원의 변수를 지내셨다고...

– 허허허, 그렇소. 지난 일들이지만.

분원의 사기장들은 세금 대신 부역으로 일하는 지방사기장과 분원에 거주하면서 대를 잇는 사기장들로 구성되어 있다. 강진에서 대를 이어 살아온 백천수의 조상들은 고려 때는 청자를 빚었고, 조선 때는 분청사기와 백자를 빚으며 살아왔다. 분원으로 부역 간 백천수는 월등한 실력으로 사기장의 우두머리인 변수가 되었지만 분원이 해체되고 민영화되자 낙향해 버렸다고 들었다.

– 소담아, 차 좀 준비 하거라.

백천수는 마루에 선 소녀를 쳐다보았다.

땅을 돋우어 지은 집이라 마루에 일어서면 멀리 물비늘 일렁이는 강진만 초입이 손에 잡힐 듯 가깝게 보였다. 백천수의 방은 단아하고 간단했다. 윗목에 제법 큰 장롱이 하나 있었고, 윗목 모서리에는 3단짜리 사방탁자가 서 있었다. 사방탁자 두 번째 단에는 각진 백자항아리가 불그스레한 나무재질과 잘 어울렸다. 선반에는 몇 개의 보자기가 얹혀 있고 벽에는 회색 두루마기와 갓이 걸려 있었다. 다용도로 쓰는 듯한 상이 눈에 들어왔다.

– 보기 좋은 소반입니다. 나주반입니까?

백천수의 눈이 갑자기 빛났다.

– 아니 그걸 어떻게 아오?

– 나주반은 화려한 장식이 별로 없지요. 천판–소반에서 그릇이 놓이는 윗부분–은 네 귀를 귀접이 한 후, 각 모서리를 잘라내는 특징도 있지요. 가장자리는 통영반이나 해주반과 달리 접합을 주로 했지요. 나무의 결을 살리기 위해 생옻칠을 주로 하는 걸로 알고 있습니다. 이건 느티나무로 만든 것 같습니다만.

백천수의 얼굴에 부드러운 미소가 번졌다.

– 허, 젊은 양반이 대단하군요.

– 우연히 맞힌 것입니다. 아직 공부가 많이 부족합니다. 그리고 말씀을 낮추시면 제가 편하겠습니다. 저는 채 서른도 되지 못했습니다.

– 그래도 괜찮겠나? 조선을 잘 아는구먼.

– 선상님은 옷도 그렇지만 집도 조선집에서 살고 있습니다요.

호림이도 신이 나는 지 끼어들었다. 백천수는 고개를 끄덕이며 옅게 웃었다. 곧 깔끔하게 마름질한 무명 치마저고리를 입은 소담이라는 아가씨가 소반을 들고 들어왔다. 그녀는 가볍게 목례를 하고는 차소반을 옆에 놓고 차를 따랐다. 반듯한 콧날이 뒷문으로 새어드는 석양에 빛났다.

– 아 참 내 손녀일세. 소담이라고 하네.

– 아사카와 다쿠미라고 합니다. 이쪽은 제 일을 도와주는 서호림입니다.

– 조선에서는 남녀가 같이 자리를 하지 않지만, 이놈은 신식교육을 받았으니 상관없을 걸세. 이 녀석은 비록 여식이지만 이 땅의 도자기를 이어야 할지도 모른다네 허허허.

소담이는 치아가 보일 듯 말 듯 웃으며, 짙은 속눈썹을 올려 할아버지를 한 번 보고 차를 따랐다. 차 주전자와 찻잔은 백자였다. 오래 사용한 듯 은은함이 묻어났다. 차 주전자는 손잡이와 부리가 날렵한 순백자였다. 아마 그가 빚은 것일게다.

– 외람되지만 무슨 일이 있었던...

나는 좀 전의 일이 내내 마음에 걸렸다.

– 아까 일은 머리에 두지 말게나. 가끔 수집꾼들이 들이닥친다네... 그건 그렇고 자네는 무슨 일을 하는가?

백천수가 말허리를 자르며 물었다.

– 총독부에 소속된 삼림과 임업시험장에서 일합니다.

– 헌데 여기엔 무슨 일로?

– 선상님은 도자기를 더 좋아합니더. 헤헤헤.

호림이가 적절하게 답해 주었다고 생각했다.

– 음, 알겠네. 자네도 형처럼 청자 가마터를 보고 싶어 왔겠군? 그 사람은 점잖았지. 오늘은 늦었으니 여기서 묵게. 사랑방이 비어 있다네.

– 고맙습니다. 어르신.

– 소담아 저녁 준비를 하거라.

갯내음이 실린 저녁공기는 상쾌하기 그지없었다. 상은 마루에 차렸다. 도자기 명인 가문답게 잘 익은 물김치, 고들빼기, 갓김치, 1년 이상 묵힌 묵은지를 제 각각의 종지와 보시기[14]에 담아 먹음직스러웠다. 호박과 무, 미더덕만을 넣었어도 구수하고 시원한 된장찌개는 배부른 뚝배기에 담아냈다. 시장기 때문만 아니라 분위기와 음식 맛이 나를 사로잡았다. 호림이는 보리가 대부분인 밥을 두 그릇이나 해 치웠다.

– 죄스런 일이지만 나는 아직 끼니를 거를 정도는 아니니 많이 드시게.

조선에 와서 이렇게 맛있는 식사를 해 본 적이 있는가 생각해 보았다. 처음 보는 이방인을 이렇게 극진히 대접하는 것도 이해할 수 없었다. 더욱이 돈을 내밀었다가 호된 소리까지 들었다.

상을 물리고 나자 달이 솟았다. 저녁노을로 금빛으로 일렁이던 바다는 어느새 달빛 아래서 은비늘로 펴지고 있었고, 아직 잠들지 못한 매미 몇 마리는 이 밤도 구애 중이었다.

– 어르신, 항아리를 많이 만드셨겠군요.

– 글쎄 빚기야 했지만 궁중에서 많이 필요한 건 아니었지. 자네는 백자를 좋아하나 보지?

– 예, 조선 도자기는 모두 놀랍기 그지없습니다. 그 가운데서도 은근한 기품을 지닌 백자를 보면 따뜻한 사람을 만

---

14) 사발보다 작고 낮은 그릇의 하나.

난 듯 여유로워집니다.

– 허허허 그렇다네. 잘 보았어. 백자는 넉넉하고 자애롭지.

어느새 소담이도 설거지를 마쳤는지 할아버지 옆에 다가와 달을 쳐다보았다. 시원한 눈동자에도 보름달이 떴다.

– 일본사람들은 모두 청자에 미쳤는데 자네는 좀 다른 느낌이군.

– 아직 좋은 청자를 보지도 못했습니다.

– 아름답지. 이놈도 청자를 가르쳐달라고 떼를 쓰고 있다네. 세월이 좋으면 그럴 기회도 오겠지.

백천수가 대견스럽다는 듯이 손녀를 보았다. 소담이는 달의 미소처럼 하얀 이를 드러내며 웃었다. 볼우물이 깊었다.

– 하지만 청자의 운명이 너무 얄궂어.

– 네? 그게 무슨 말씀인지...

– 인간에게만 운명이 있는 건 아니라네. 그릇도 태어나는 순간 운명이 정해지지. 일본사람이 그랬든, 그릇 스스로 불러들였든 지금 청자의 운명은...

잠시 말을 멈추고 하늘을 쳐다보았다. 구름이 달을 범하고 있었다. 백천수의 침묵이 길어지자 어떤 갈증을 느꼈다.

– 은폐이며 유폐일세.

목소리는 무쇠처럼 무거웠고, 그 뜻은 더욱 어두웠다.

… 은폐와 유폐!

낮게 되뇌었다. 그 아름다운 청자와 어울리는 말이 아니었다.

– 저들은 청자를 얻기 위해서라면 인륜마저 버린다네. 자네 아는가? 저들이 무덤마저 파헤치고 있는 것을? 청자의 마력은 왕릉 깊숙한 곳까지 그들을 끌어들였네. 그렇다고 청자가 빛을 본 것일까?

– …

– 천인공노할 짓이야.

백천수의 수염이 떨렸고, 나는 깊이 고개를 숙이고 말았다. 해일처럼 몰려온 부끄러움이 훑고 지나갔다. 침묵처럼 구름은 더욱 달을 짙게 가두고 있었다. 백천수가 일어섰다.

– 나는 내일 새벽부터 긴히 볼 일이 있다네. 이 녀석은 배화학당에서 공부했으니 일본말도 좀 할 걸세. 자네 가마터 보러 온 게 분명하지? 이 아이가 안내해 줄 걸세. 인연이 있으면 또 보겠네.

백천수가 방으로 가고 난 뒤에도 일어설 수가 없었다. 앞서 했던 그 한 마디로 내가 지금까지 이 땅에서 본 어둠은 한층 깊다는 걸 직감했다.

– 무덤 속을 좇는 사람들

조선 황제는 고려청자를 보고 물었다고 한다.

– 이 신비로운 그릇과 물건들은 대체 어디서 난 거요?

노리다카 형이 조선을 좋아한다면 그건 도자기에 국한된 것이다. 이 땅에서 형의 뿌리는 도자기뿐이었다. 귀와 눈과 발걸음도 거기에서 멎는다. 이 이야기도 내가 조선으로 오기 전에 형이 수집한 것이다.

어느 여름날, 고종황제는 창덕궁 제실박물관에 행차했다. 빼곡하게 진열된 청자를 본 황제가 의아함과 감탄을 배합하여 던진 말이었다. 비색翡色 청자가 풍기는 인상이 왠지 낯설지 않다는 점 때문이었을까, 그들을 들여다보는 황제의 얼굴이 점점 어두워졌다. 고려청자 연적에서 눈을 떼지 못하는 황제의 등 뒤로 내각총리대신 겸 궁내부대신 서리 이완용과 조선통감부 수장 이토 히로부미의 조소가 부딪쳤다.

– 이들은 고려청자인데, 어찌 그걸 모른단 말입니까?

이토는 애써 비웃음을 감추었다. 혼잣말처럼 메마르고 낮은 질감이었다.

– 고려청자라 했소? 그렇다면 조선의 것이란 말인데, 황제인 내가 모르는 이 같은 명품들이 있었단 말이오? 어디에 숨어 있다가 한꺼번에 나타나기라도 했단 말이오? 통감은 짐을 놀리려는 게요?

황제는 갑작스레 뛰어든 당혹감을 누르며 그렇게 말했지만 저들이 흰소리를 할 리는 없다고 생각하자 속으로는 알 수 없는 모멸감이 일었다.

– 아 네, 그건...

무심코 말을 뱉던 이토가 황급히 말을 삼켰다. 이토는 경솔했다는 자책으로 말문을 닫았지만 그렇다고 그다지 개의하는 얼굴도 아니었다. 진열된 청자들은 주로 무덤 속에서 파 낸 것들을 끌어 모은 것이지만, 그 행위에 일말의 거리낌을 가져 본 적이 없었던 이토였다.

… 조선의 땅 속에 노다지로 묻힌 보물들을 진정 몰라서 묻는 것인가. 숱한 보물들을 지하에 유폐시키는 미개한 족

속들... 쯧쯧.

창덕궁을 에워싼 8월의 말매미가 떼를 지어 울어대는 바람에 그들의 대화는 묻혀버렸다고 한다.

얼마 후, 이토는 비운의 황제를 강제로 폐위시켰다. 앞날이 비단길이었던 그는 하얼빈에서 안중근의 총탄을 받고 비명에 갔다. 기미년에는 고종황제도 독살설이 무성한 가운데 죽음을 맞았다.

이것들은 내가 조선 반도에 발을 디디기 전후의 조선 이야기다. 질식할 것 같은 조선반도의 정세 속에서 고려청자를 향한 애증도 들불처럼 번져갔다. 국적과 노소를 가리지 않는 도굴꾼과 장물아비가 이 땅에 창궐했다. 간혹 걸려드는 사람도 있었지만, 통감부 법무원이나 경성 이사청–영사관–에서 내린 솜방망이 처결은 그야말로 '일진이 나빠 당한 일'쯤으로 만들었다. 이런 판결이었다.

마에다 기이치로 / 야마구치 출신. 개성 거주. 무직. 19세

김점칠 / 경성 출신. 무직. 23세

구리야마 준이치 / 나가사키 출신. 개성 거주. 잡상인. 35세

판결문 – 마에다와 김점칠은 개성 남대문 밖 여릉리에 있

는 분묘를 불법 도굴하여 고려청자 다섯 점을 절취하였고, 구리야마에게 150원에 넘긴 혐의가 명백한 바 마에다와 김점칠은 징역 3개월에 처하고, 구리야마는 징역 2개월에...

이런 판결들이 일확천금을 노리는 도굴꾼들의 욕망의 불덩이에 기름을 끼얹고 있었다. 망설이거나 두려워할 이유가 너무 가벼웠다. '청자 사냥꾼'으로 불리는 이토 통감이 돌아가고 나서도 그의 망령들은 무섭게 번져나갔다. 왕릉이나 고분은 말할 것이 없었고, 처녀애 가슴처럼 봉긋이 솟은 둔덕만 보아도 마구 쇠창[15]을 찔러 넣고 있다는 것이다. 내가 이렇게 조선을 느끼게 된 것은 비단 황제의 이야기만이 아니었다.

추위가 맹위를 떨치고 있던 2월이었다. 그날도 늘 하던 대로 나무 종류나 밀도를 조사하기도 하고, 종자를 채집하러 개성 인근의 야산을 목적지로 정하고 길을 나섰다.

어딜 가나 산림 상태는 엉망이었다. 당장 급한 것은 조림사업인데 그러려면 적절한 수종을 찾아야 하고 묘목을 빨리 키워내야 했다. 그것은 생각만큼 속도가 나질 않았다. 매년 봄

15) 무덤 속에 있는 부장품을 확인하기 위해 일본인들이 들여 온 도굴 기구.

마다 심어야 할 묘목을 생각하면 조바심만 커 갔다.

… 저 벌거벗은 산은 어찌 할 건가.

팔부 능선쯤에 앉아 나지막한 봉우리들이 겹겹이 이어진 산을 바라보았다. 농업학교 2학년 때 일이 떠올랐다. 당시 야마나시도 무분별한 벌채로 인해 산이 헐벗은 상태였다. 결국 그해 장마철에 폭우를 견디지 못하고 하천이 범람했고, 200명이 넘는 사람들이 목숨을 잃는 것을 직접 보았다. 산림의 소중함을 간과하는 것이 얼마나 무서운 결과를 가져오는 지를 똑똑히 보았다.

– 선상님 늦었심더.

함께 온 호림이 목소리에 정신이 번쩍 들었다. 산을 헤매다 보니 시간 가는 줄을 몰랐나 보다. 산에서는 어둠이 무척 빨리 찾아온다는 생각에 미치자 마음이 급해졌다.

– 그렇구나. 서두르자, 호림 군.

오를 때야 산마루 쪽만 보고 올랐지만 막상 급하게 내려가려니 길을 잡기가 어려웠다. 산골의 밤은 쉬이 어둠에 묻혔다. 그래도 험한 등성이는 벗어난 곳이라 마음이 조금 놓이긴 했다. 그렇게 얼마나 내려 왔을까. 갑자기 호림이 소매를 끌었다.

– 선상님 저기…

호림이 가리킨 곳에 불빛이 어른거리고 있었다. 내려가는 길의 오른편 등성이었다. 횃불이 대여섯 개는 되어 보였다.

– 저게 무엇이지? 이 밤에 뭘 하는 거지?

– 글씨요. 혹시 도굴이 아닐까예?

– 도굴이라니? 남의 무덤을 파헤친다는 것 말이냐?

깜짝 놀랐다.

– 예, 지 생각에는 아무래도 그것밖에는...

– 왜 하필 밤에 저렇게 하지?

– 아따 선상님도 그란께 도굴이 아임니꺼. 자손이나 조선 사람 몰래 무덤을 파헤쳐야 하니 밤에 설치는 기라요. 개성에는 유별시리 도굴이 많다는 거 아입니꺼.

그런 이야기야 듣긴 들었지만 등골이 오싹했다. 조선 분원의 마지막 변수였다는 백천수 어른 말이 떠올랐다.

… 청자의 운명은 은폐와 유폐야.

갑자기 마음이 급해졌다.

– 호림 군, 저기 한 번 가보자.

– 선상님 큰 봉변을 당할 수도 있는데...

나의 재촉에 호림의 얼굴에는 짙은 불안감이 드리웠다.

– 아니야 꼭 봐야겠어.

내가 앞장을 서자 호림이도 할 수 없이 따라왔다. 등성이에 오르자 움직이는 횃불들이 현장을 잘 보여주었다. 책임자인 듯한 일본인은 맥고모자를 쓰고 있었고, 통역을 겸한 조선인은 멀리서 보아도 알 수 있는 곰보였는데, 인부들 사이를 부지런히 오가고 있었다.

무덤은 벌써 파헤쳐진 듯 안에서 흙이 올라오고 밖에서 받아내는 작업이 진행 중이었다. 봉분은 이미 사라졌지만 무덤은 제법 넓은 터를 가지고 있었다. 곰보자국이 뚜렷한 조선인이 말했다

– 곤도 상, 다 된 것 같습니다.

곤도라 불린 사람은 작달막한 키에 회색 양복 상의에다 베이지색 바지에 무릎까지 오는 긴 가죽장화를 신고 있었다. 가늘고 긴 쇠창을 쥔 곤도는 고개를 숙이고 무덤 안을 살펴보았다.

– 왼쪽 부분을 조심해서 질러라. 천천히 조심스럽게 해야 한다. 오른쪽은 건드리지 마라.

곁에서 곰보가 통역을 했다. 곤도는 무덤의 구조를 훤히 꿰고 있는 듯 했다. 우린 어둠 한 귀퉁이에 엎드려 현장을 초초히 지켜보고 있었다. 이것이 무엇을 의미하는 지 알 것 같았다. 백천수 어른의 말이 머릿속을 계속 맴돌았다.

… 일본인들이 조선을 어찌 알겠나. 천인공노할 짓이지.

어찌해야 할지 판단이 서지를 않았다. 식은땀이 흘렀다. 얼마나 지났을까. 무덤 안에서 약간은 흥분한 소리가 들려왔다.

– 있습니다. 무슨 주전자 같습니다. 그릇도 있고...

곤도는 애써 흥분을 감추고 안을 보며 말했다.

– 조심해야 한다. 조심!

곧 내려간 바구니에 몇 점의 도자기가 담겨 올라왔다. 곤도는 그 중 하나를 집어 들어 묻은 흙을 닦아내고 횃불 가까이에 비춰 보았다. 나무와 풀숲에 숨어서 보는 내 눈에도 그것이 보였다. 높이가 얼추 30센티 되는 청자 주전자였는데 손잡이와 뚜껑까지 온전했다. 곤도의 눈빛이 불빛 아래 몹시 빛나고 있었다. 청자의 운명이 다시 떠올랐다.

… 은폐와 유폐! 이게 말로만 듣던 도굴이라 말인가.

쩡– 머리가 얼음장에 금이 가듯 쪼개졌다. 꿈을 꾸는 게 아닌가 싶기도 했다. 이런 얘기를 듣기는 했어도 설마 하던 터였다. 두어 번 바구니가 오르락내리락 했다.

– 거긴 아니라했잖아.

– 그 쪽도 아니라니까.

– 이젠 없는 것 같은데...

무덤 안에서는 끊임없이 작은 소리가 흘러 나왔다. 곤도도 더 이상 기대하지 않는 눈치였다. 인부들의 소리를 귓전으로 흘리며 청자 주전자에서 눈을 떼지 못하고 있었다. 터지는 흡족함을 감추지 못하는 듯, 오랫동안 살펴보고 나서야 손수 보자기에 몇 겹으로 싸서 옆 사람에게 맡겼다. 그리고 나서야 나머지들을 하나씩 비춰 보았다. 대충대충 훑어보더니 그 중 접시 하나는 주저 없이 패대기를 쳤다. 수백 년 된 그릇이 깨지는 소리가 밤하늘에 날카롭게 울렸다.

순간 '천인공노할 짓'이라던 말이 떠오르자 나도 모르게 벌떡 일어났다. 호림이 말릴 틈도 없었다.

– 다메!(안돼)

그들 앞으로 튀어나갔다. 순식간에 놀람과 긴장감으로 밤하늘이 팽팽해졌다. 바지저고리차림으로 달려 나온 나를 본 곤도를 비롯한 모든 사람들은 곤혹스러움이 역력했다. 하지만 곤도는 곧 길게 찢어진 눈에서 날카로운 빛을 뿜었다.

– 뭐하는 놈이야?

– 이것은 불법이오. 도굴이란 말이오!

위엄을 갖춘 목소리를 내려고 했지만 떨리는 것은 어쩔 수 없었다. 곤도는 나의 행색을 아래위로 찬찬히 훑어보더니 안심이 되는 듯 차가운 미소마저 띤 채 노골적으로 빈정거렸다.

– 도굴이라? 그래 도굴이 틀림없구말구. 그건 그렇다고 치고, 넌 누구지? 말하는 꼴을 보면 내지인 같은데, 조선옷을

입은 내지인이라 거 재미있군 하하하.

노회한 도굴꾼은 짙게 기른 콧수염을 어루만지며 소리 내어 웃었다.

– 난 산림 공무원이오. 이건 있을 수 없는 일이오.

호흡을 가다듬고 또박또박 이야기 했다. 등에서는 땀이 배어 나왔다. 통역을 하던 곰보를 비롯한 일꾼들도 안심이 되는 듯 분위기는 많이 풀어졌다. 곤도가 노골적으로 비아냥거렸다.

– 공무원이라, 하하하! 보아하니 밤에까지 일하시는 것을 보니 할 일이 많은 것 같은데 그냥 볼 일이나 보시지 그래.

물러서고 싶지 않았다.

– 아니오. 두고 볼 수 없는 일이오. 이것은 필시 불법일거요. 이곳이 무덤인 것은 알고 있는 거요? 무덤의 주인에게 돌려주고 복구해야 하오.

– 빠가야로! 이 자식이 목숨이 몇 개나 되는 모양구나. 성인군자가 나타나신 겐가? 하하하, 얘들아, 이 분이 천하의 곤도에게 무덤의 일을 묻는단다. 어찌 생각해?

관자놀이 부분이 심하게 얽은 곰보가 히죽거렸다.

– 제발 돌려놓으시오. 두려운 일이오.

– 허, 이 새끼는 말이 먹히는 놈이 아닌가 보군. 얘들아,

끌고 가!

곤도는 가래침을 카악 뱉고는 길머리를 잡았다. 머뭇거리던 일꾼들도 곰보가 인상을 험하게 구기자 나에게 달려들었다.

이끌려 간 곳은 개성경찰서였다. 사무실 규모로 보아 상당한 크기인 듯 했다. 사무실에서 방 한 칸을 사이에 둔 별실에 격리되었다. 조선에 온 후 겪는 가장 험한 일이었다. 일은 벌였지만 어떻게 수습해야 할 지 갈피를 잡을 수가 없었다.

얼마 후, 제복을 갖추어 입은 사람이 들어와 내 앞에 앉았다. 희미한 전등불 아래 모자를 눌러 쓰고 있어 얼굴이 분명하지 않았지만 건장한 체구였다. 한껏 부드러운 어조로 말을 꺼냈다.

– 반갑소. 난 개성 경찰서 순사부장이오. 당신이 여기에 온 이유는 이미 알고 있소.

그들은 벌써 경성으로 연락을 취해 내 신상을 파악했을 것이다. 비록 조선옷을 입고 있었고, 직위도 보잘 것 없는 산림과 직원이었지만 총독부 소속이라 함부로 할 수 없는 모양이었다. 겁이나 좀 주어 일을 마무리하고자 하는 의도였는지 정중한 태도였다.

– 나에게 무슨 잘못이 있는지 말해 주시오. 왜 내가 그들에게 끌려와야 하는 지를 말입니다.

– 난 단지 같은 일본인으로서 호의를 베풀고 있는 것이오. 그러니 내 말을 들으시오. 모든 것은 없던 일로 할 터이니 당신 일이나 하시오.

– 그럴 수는 없소. 당신도 그게 어떤 일인지 알고 있지 않습니까?

– 오늘 일어난 일 따윈 관심이 없소. 당신은 행패를 부린 사람으로 고발되었을 뿐이오.

– 아니 고발이라니, 도대체 누가 누구를 고발한단 말입니까?

– 뭐 세상 일이 다 그런 것 아니겠소? 보아하니 당신은 이런 일과는 거리가 먼 사람 같은데... 그냥 이쯤 했으면 좋을 듯싶소.

어처구니가 없는 말을 유들유들하게 내뱉고 있었다.

– 다시 한 번 말하지만 나에게 무슨 잘못이 있는지...

나의 말은 돌변한 그의 험악한 어조에 잘리고 말았다.

– 나는 당신에게 호의를 베풀고 있다고 분명히 말했다! 그러니 그만 가보는 게 좋겠어, 샌님!

갑자기 목소리가 거칠어졌다. 오히려 오기가 생겼다.

– 그럴 수 없소! 이것을 반드시 밝혀야겠소.

내 말이 끝나기가 무섭게 주먹이 날아들었다. 의자에 앉은 채로 나가떨어졌다. 그는 민첩한 동작으로 내 멱살을 잡아 일으켰고, 주먹과 발은 얼굴과 배, 허리를 가리지 않고 날아들었다. 그 바람에 모자가 벗겨졌고, 훤한 이마 아래 날카롭게 찢어진 눈에서는 살기가 번득였다. 어디서 피가 흐르는지, 어디가 아픔의 진원인지도 알 수 없이 축 늘어져 버렸다. 순사부장은 숨을 고르며 나동그라진 모자를 주워 쓰며 말했다.

– 이것으로 끝이다. 아무 일도 없었던 것이다. 일을 만든다면 너는 내 손에서 끝장날 것이다. 내지인이었기에 베푸는 호의라고 기억해 두어라.

그리고는 밖을 향해 소리쳤다.

– 이 분 잘 보내드려!

순사들에게 끌려 경찰서 밖으로 나갈 때, 곤도 옆에서 통역하던 곰보가 키득거리며 바라보고 있었다. 경찰서 정문 밖에서 너덜해진 몸을 추스르고 일어날 때, 숨어 기다리던 호림이 쫓아와 나를 끌어안았다.

고려의 수도였던 개성은 20세기가 시작되면서 노다지였다는 이야기를 들었다. 개성을 둘러 싼 산과 들에 있는 무덤다운 무덤은 거의 모두 손을 탔다는 것이다. 오늘도 개성 사람들은 일본사람들을 인륜도 모르는 호리꾼으로 손가락질 할 것이다.

다쿠미, 영혼으로 만남 - 넷

이른 저녁부터 다쿠미의 혼백을 기다렸다.

지난 밤 청자이야기는 가슴을 후볐다. 스스로 양날의 검이라고 말했듯이 즐거움과 아픔이 섞여있었다. 나는 유난히 오사카시립동양도자미술관을 좋아한다. 아니다. 그 곳에 유폐된 우리 도자기를 좋아한다. 거기서 고려청자를 비로소 알았다. 언젠가 거길 갔다 온 후, '우리의 자부심이며 몸부림이 되어야 할 그 곳'이라는 글에서 이렇게 쓴 적이 있다.

… 고려청자음각운문병 앞에서 무릎을 꿇어야 했던 이유는 심미안이 떨어지는 여행자이었기에, 혹은 아름다움의 극치 때문이었다고 말할 수는 없었다. 그리고 왜 이국 땅까지 와서 우리 청자의 자태에 넋을 잃어야 하는 것일까 하는 자책만도 아니었다. 고려청자음각운문병의 외로움이 여행자의 무릎을 꿇게 한 것이며, 이러한 현

실을 질책하는 고고한 기품이 나를 숙연케 했던 것이리라…

신비로운 세계였다. 책갈피 속에 갇혀 있었던 낯익은 청자와 백자, 분청사기들이 입체적으로 다가오니 순례자처럼 정화되었다. 한 점 한 점의 표정들과 그들의 언어를 오래토록 읽고 또 들었다. 그 어떤 문외한이라 하더라도 쉽게 발을 옮길 수 없는 이유들이 마구 쏟아져 나오는 것이었다. 정밀함과 정형, 빼곡하면서도 짙고 다양한 색채가 일본이나 중국 도자기의 특징이라면 비정형과 생략, 무기교 속에 드러나는 넉넉한 여백과 여유가 자유롭게 피어나는 것이 우리 도자기 세계였다.

나아가 청자 앞에서 무릎을 꿇은 것은 거기에다 다쿠미가 받아들였던 현실이 더했기 때문이었다. 그때의 내 심정과 다쿠미의 마음이 같이 하는 듯 했다.

– 선생님, 조선 초대통감이라는 사람에게는 '최대의 청자 장물아비'라는 또 다른 이름이 붙었다고 들었습니다만.

– 아, 그땐 청자만이 아니었죠. 낙랑이나 가야, 신라, 백제의 고분들도 도굴꾼들의 쇠창과 괭이, 삽에 여지없이 파헤쳐졌다는 것은 누구나 아는 이야기였소. 그것뿐이겠소? 그들은 전설과 역사도 구분하지 않았소. 그들이 파헤치지 못할 것은 없었소.

– 무서운 이야기들입니다.

– 두 번째로 온 통감도 많은 소문을 남겼지요. 경주 석굴암 본존을 둘러싸고 있는 십일면관음상 밑에는 조그만 오층석탑이 있었다고 하는데 통감이 떠난 후 석탑도 자취를 감추었다고 합니다. 이후 그 존재는 확인되지 않았지요.

다쿠미의 곤혹스러움이 다시 전해왔다. 어떻게 그 아픔을 삭여 나갔는지 궁금함이 폭발하는 밤이었다. 하지만 일그러진 얼굴을 보면서 도자기 이야기는 좀 묵혀야겠는 생각으로 바뀌어버렸다. 그러자 오늘은 무얼 이야기 할지 언뜻 떠오르지 않았다.

– 선생님, 어제 마지막 무덤 이야기를 듣고 가슴이 아팠습니다.

선생의 시선은 허공을 향해 멀리 나아가고 있었다.

– 사실 그랬소. 내 선택으로 건너왔지만 대답하라면 그렇다는 거요. 그땐 무엇이 바른 길인지 분간하기 쉽지 않았지요. 사람들은 나무를 마구 베어내는 것만이 숲을 파괴하는 것으로 압니다. 아니에요. 나무를 나무로 보지 못하는 시각이 이미 파괴의 시작이죠.

또 나무는 땔감이 되기도 하지만 수백 년을 살아 대들보와 기둥이 됩니다. 가지가 제대로 갈라진 것들은 지게가 되며, 굽어 수백 년을 버티어 아름다운 소반으로 태어나기도 합니다. 누구나 제 자리가 있고 그대로 보아 주어야 바람직하다는 건데 그때 난 내 자리를 찾기가 어려웠소.

– 차라리 돌아가고 싶은 마음이 간절했을 것 같습니다만.

– 맞소. 그런 심정으로 돌아간 사람도 있었고 그게 부럽기도 했소. 신출내기에게는 직장 일이든 아니든 풀기 어려운 문제들로만 보였소.

– …

– 믿음이 간절한 시절

… 무덤을 파헤치지 마시오…

그날 이후로 가끔 꿈에서 헛소리로 내뱉던 말이었다. 1919년은 우울증에 걸린 것처럼 그렇게 시작되었다. 그들이 가한 물리적인 폭력 때문이 아니라 납득할 수 없는 현실 때문이었다. 그로부터 얼마 지나지 않은 3월의 첫날, 이 땅에 거대한 불길이 일어났다. 난 총칼을 잡아 본 적이 없지만 그날 거리에 나온 조선인들을 제압하는 총칼을 보았다.

기미년 그날 난 숨죽이며 바라보는 구경꾼이었고 그 참상을 기억한다. 거리에서 나를 스쳐가는 사람들의 시선에서 증오를 보았다. 그러고 보면 그날이 아니더라도 늘 내 뒤에서 꽂히던 화살들을 애써 외면했었는지 모른다.

난 지금껏 죽음을 가깝게 생각해 보지 않았다. 사람과 사람이 나무와 새가 서로 보듬고 살아가는 줄만 알았다. 그저 그게 삶인가 여겼다. 적이라는 대상이 없었다. 그 혼란을 정리할 능력이 없었다. 일본과 조선이 서로 믿고 살아가는 길은 없어 보였다.

그 일이 있은 후, 야나기 무네요시가 요미우리 신문에 기고한 '조선을 생각한다'는 글을 가끔 들여다보곤 했는데 읽을수록 마음은 납덩이를 더했다.

-- 이웃끼리 영원한 평화를 구하려고 한다면 우리의 마음을 깨끗하고 동정으로 따뜻하게 하는 길밖에 없다. 그러나 일본은 불행하게도 칼을 들이대고 험악한 표정을 지었다. 욕설을 퍼부었다. 이것이 과연 협력과 조화를 이루어 낼 수 있을까. 오히려 조선민족은 사무치는 원한을 가질 것이며, 증오하고 반항할 것이며 분리를 원할 것이다. 독립이 그들의 이상이 되는 것은 필연적인 일일 것이다...

그동안 가끔이긴 했지만 조선사람들이 미워지기도 했다. 그들의 유순함이 교활함으로 다가왔기 때문이다. 하지만 그날 그들은 달랐다. 오히려 내가 조선사람으로 둔갑하려 했던 것처럼 생각되었다. 모두를 피해갈 수 있는 변신술일 수도 있었을 테니까. 아무도 날 건드리지 못하는 짜릿함을 즐기고 있는지도 모르는 일이었다.

… 다쿠미, 어리바리한 회색인은 이 땅에 필요치 않아.

누군가는 나에게 그렇게 말하는 것 같았다. '보지 않으면 그뿐, 돌아 가버리면 되질 않나'는 용렬한 길도 생각했지만 머리를 흔들었다. 조선에 머무르는 것이 쓸모가 있게 해 달라고 기도를 했다. 많은 이들에게 참혹한 기억을 남긴 3월이 지나가고 있다. 앞뒤 재지 않는 솔직함이 언제 내게 올 것인가.

어린 시절 고향 야마나시와 가까운 이웃현인 나가노長野 스와에 있는 스와호諏訪湖에 놀러 가곤 했다. 끝이 보이지 않을 정도로 넓은 호수였다. 그걸 중심으로 둥그렇게 마을을 형성하고 있다. 고원지대에 생겨난 호수라 여름이면 시원해서 좋았고, 겨울이면 꽁꽁 얼어붙어 더 이상 좋을 수 없는 놀이터였다. 어른들은 스와호를 보면 종종 이야기했다.

– 여기엔 전국시대에 천하를 호령했던 이 지방의 영웅 다케다 신겐의 무덤이 들어 있단다.

자부심이 가득 배인 신겐의 무용담을 늘어놓았다. 신겐은 뛰어난 지략가였다. 이 지역의 전설적인 영웅이었다. 그는 자신의 꿈을 이루지 못하고 병으로 죽을 때 다음과 같은 유언을 남겼다고 한다.

-- 나의 죽음을 3년 간 비밀로 해라. 그리고 나에게 갑옷을 입혀 스와호에 수장해라.

오다 노부나가에게 자신의 죽음을 감추기 위해 수중에 무덤을 만들도록 유언을 남겼다는 것이다. 또한 3년 동안 공격도 하지 말고 지형을 이용한 방어에만 주력하라는 유언을 남겼다. 그건 후계자가 자랄 때까지 시간을 벌기 위한 것으로 해석되었다. 죽어서라도 자신의 영지를 지키겠다는 처절함이 들어 있는 이야기였다.

이 지방 사람들처럼 나도 이 오래된 전설을 믿는다. 지금까지 그 거짓말 같은 이야기를 믿는 데는 나름의 이유가 있다. 그것이 사실이냐 아니냐의 문제와는 다른 것이다. 즉, 무덤이 있느냐 아니냐가 아니라 그럴만한 이유가 되느냐 아니냐를 말하는 것이다.

다케다 신겐의 무덤 이야기는 그렇다. 그것이 사실일까 의심해 본 적이 없었다. 왜냐하면 거기엔 그렇게 꾸며야 할 이유가 없었기 때문이다. 그는 충분히 그럴만한 영웅이었고 부끄럽지 않았다. 그렇기에 그의 진심이 내 마음에 들어 앉은 것이다.

사람들에게 믿음의 이유는 여러 가지이다. 의심의 눈으로 무엇을 바라보았을 때는 이미 진실이나 사실과는 거리가 멀어져 있을 것이다. 조선에 온 직후부터 서로의 믿음이라는 걸 느끼기 힘들었다. 조선말은 이미 이 나라에서 선택으로 내몰리고 있었다. 조선의 훌륭한 문화재들이 일본으로 흘러가고 있다. 이 나라 백성들의 땅을 무단으로 점유하고, 그들을 삶의 터전에서 내몰고 있었다. 그들이 조선사람을 믿는 구석이라곤 찾을 수가 없었다. 나도 믿을 수 없는 것을 조선 사람들이 어떻게 믿을 수 있을까.

언젠가 고슈甲州 - 지금의 야마나시 - 에서는 무슨 연유에서였는지 농업회나 현청에서 나서 조선의 소를 농업에 장려한 적이 있었다. 조선인 선생을 초빙하여 소를 다루는 방법을 가르쳤는데 결과는 아주 만족스러웠다고 한다. 조선의 소는 힘이 세고, 성질이 온순하며 대단히 능률적이었다. 게다가 아무것이나 가리지 않는 식성까지 지녀 어떤 환경에도 적합하다는 평가를 받았다.

하지만 얼마 지나지 않아 조선 소에 대한 평판이 급격히 떨어졌다. 말도 듣지 않고 거칠고 난폭하여 다루기가 어렵다는 것이었다. 왜 이렇게 극단적인 일이 벌어진 것일까?

충분히 미루어 알 수 있다. 조선에서 소는 가족의 하나로 대접받는다. 봄부터 가을까지 고된 노동의 현장에서 같이 땀을 흘린다. 그렇지만 꼭 싱싱한 풀로 배를 충분히 채우게 한다. 겨울에는 미리 준비해 둔 건초를 가마솥에 삶아 뜨끈한 여물을 제공하고 외양간에는 푹신한 짚을 깔아 준다. 등에는 가마니 옷을 입혀 보온까지 신경을 쓴다.

일을 할 때도 성미 급한 초짜 농군이 아니라면 느긋하게 따라가면서 소가 쟁기를 끄는 대로 놓아두는 것이다. 고삐를 죄고 매질을 하며 급하게 다루지 않는다. 소는 쟁기를 끌면서도 옆에 풀이 있으면 한 입 뜯으며 논밭을 일구는 것이다.

그랬던 소였는데 일본인들에게 넘겨지고는 난폭하게 바뀌었다. 그들은 빨리 가자고 조르고 게으르다고 족쳐대기 시작했다. 가족이 아니라 매를 맞고 혹사를 당하는 노예가 된 것이다.

동물에게도 당연히 믿음과 감정이 있다. 소가 어깃장을 놓는 것은 너무나 빤한 이치다. 농부의 채찍질이 가해질수록 소의 믿음은 희미해지는 것이다.

믿음이란 사랑이나 인정과 다르지 않다. 믿음에서 사랑이, 사랑에서 믿음이 만들어질 텐데 지금 조선엔 조선 사람에 대한 일본사람의 믿음이 없다. 이 깊은 불신과 어둠의 끝은 어디인가. 겨울의 끝에서, 봄이 시작하는 지점에서 묻고 또 물었다.

– 진정 돌아가야 할 것은

아카바네 오로는 오늘 꼭 딴사람 같았다. 그는 조선에 온 지 얼마 되지도 않아 가끔이었지만 바지저고리에 조끼를 입고 담뱃대까지 들고 다니던 재미있는 사람이었다. 음악을 사랑했고 종종 우리에게 베토벤을 들려주었으며, 순한 웃음으로 상대를 푸근하게 해 주던 사람이었다. 그랬던 그의 얼굴이 몹시 굳어 있었다.

– 다쿠미, 난 곧 조선을 떠날 것 같아.

그답지 않은 말을 던졌다. 그는 기미년 조선인들의 3·1만세운동 때 일본경찰의 주목을 받았던 중앙고등보통학교에서 일본어와 미술을 가르쳤다. 조선 학생들이 유독 잘 따랐던 선생이었다. 그걸 아는 나로서는 선뜻 이해할 수 없었다.

– 정말 떠나려는 겁니까? 무슨 일이 있었던 거로군요.

– 이유는 다음에 이야기 하지. 다쿠미, 그 동안 신세 많이

졌어. 덕분에 조선을 제대로 볼 수 있었다네.

돌아서는 그의 걸음이 무거웠다. 일본에서는 소학교 교사를 했는데, 그의 교육철학은 인도주의적이었고 자유로운 인간상을 추구하는 것이었다. 하지만 지역민들은 그의 파격을 받아들이지 못했고, 결국 학교를 그만두었다. 그 후 야나기 무네요시를 알게 되었고, 그의 소개로 조선에 오게 되었던 것이다.

그 동안 교회도 같이 다녔고, 조선민족미술관 전시품을 구하기 위해 고미술상을 헤매기도 했다. 조선도자기전시회 기획뿐 아니라 가마터 조사를 함께 하기도 했다. 그런 그가 떠난다면 한동안 우울할 것 같았다. 내 바람과는 달리 그 길로 조선 생활을 2년도 채우지 못하고 보따리를 싸고 말았다.

얼마 있지 않아 대강의 사직 이유가 밝혀졌다. 어떤 날 아카바네는 동료 교사와 심하게 싸웠다고 한다. 상대 교사는 주요 인물들의 동향을 파악하기 위해 총독부에서 심어놓은 끄나풀이었다. 아카바네는 그 교사의 행위를 심하게 비난했고, 그로 인해 모종의 압박을 받아 온 것 같았다. 돌아간 지 얼마 후 아카바네로부터 편지가 왔다.

-- 다쿠미, 조선 학생을 가르치는 것은 너무나 힘든 일이

었다. 나는 일본 학생들이나 사람들에게 당하는 조선 학생들에게 일본인들에게 져서는 안 된다고 말해 주지 못했다. 너희들은 힘으로가 아니라 능력으로 저들을 극복해야 한다고 말하지도 못했다. 그 말은 곧 조선인에게 저항하지 말라고 회유하는 것처럼 오해받을 소지도 있었으며, 무조건 참아야만 한다고 은근히 부추기는 것과도 같았다. 학생들의 눈빛을 외면할 수 없었다. 내가 할 수 있는 일은 차라리 그들을 보지 않는 것이었다. 그게 내 결정이었다...

그는 심한 회의에 빠져 있었던 것이다. 민족이라는 선은 넘을 수 없는 경계란 말인가. 나는 아카바네뿐만 아니라 그렇게 고민하는 인사들이 있음을 알고 있다. 그들은 조선의 문화나 사람들에 대해 관심을 가지고 있지만 결국은 손을 내밀지 못하고 있었다. 잘 알고 지내던 철학자이며 교육자인 경성제국대학 교수도 나에게 이렇게 털어놓은 적이 있었다.

-- 오랫동안 조선에 살면서도 조선사람이 가진 좋은 점을 인정하지 않고 있는 내 자신이 안타깝다. 조선에서 그렇게 살고 있는 일본 사람의 모습도 마찬가지다. 그들의 장·단점을 알지도 못하면서 어찌 그들을 교육시킬 수 있나. 답답하다.

조선사람을 가까이 할 수가 없었다. 나도 이해할 수 없는 행동이다. 마음이 편하지 않아 조선을 떠날 생각을 때때로 하고 있다...

민족과 민족 사이엔 허물 수 없는 벽이 있는 것인가. 한 치의 마음도 내어줄 수 없는 적이란 말인가. 결국 떠나는 것으로 마음에 파고드는 떨쳐낼 수 없는 감정을 추스르는 것인가. 무엇을 위해서 무엇을 정리한단 말인지 적이 되어 적에게 묻고 싶다.

야나기는 일본인이든 조선인이든 누구나 일단 이 현실을 받아들이라고 한다. 도덕적으로는 용납할 수 없지만 정치적인 논리로는 이해할 수 있다는 것이다. 야나기는 포웰이 쓴 '일본의 조선통치를 평한다'는 글을 매우 훌륭했다고 평가했다. 그 근거로, 양쪽의 입장에 모두 귀를 기울여 매우 공평하다, 두 나라에 대한 동정심을 가지고 있다, 조선과 일본을 두루 경험했다는 것 등을 들고 있었다. 일본에게도 잘못은 있지만 조선에게도 절반의 책임이 있다는 것이다.

그것은 논리로써는 그러할지 모르나 그런 인식으로는 절반의 책임 이상 어쩌지 못할 것이다. 그들은 '약자는 어디나 불행하고, 강자는 어디에서나 횡포를 부린다'고 전제하고, 두 입장 모두에서 해결책을 찾으려 하고 있다. 약자는 스스로 자신의 처지를 반성하고 행동할 것, 강자는 그 행위가 정당한 지 반성하라고 한다.

절반의 책임을 조선으로 돌리는 것은 이 현실을 받아들이는 것이다. 나 또한 거기서 자유로울 수는 없다. 나서서 저들의 독립을 지켜주라 하지 못하며 할 수도 없다. 이 정치적인 게임 첫 라운드는 이미 끝이 났기 때문이다. 이어지는 조선의 이야기에도 개입할 수 없다.

야나기와는 여러 가지 공감대를 가지지만 이런 논리에는 찬성할 수 없다. 지금은 강자의 논리만이 힘을 얻는 현실이다. 얻는 것이 아니라 힘이다. 그렇다면 절반의 책임을 가졌다는 강자의 횡포 쪽으로 추가 기울어야 한다. 현실은 양비논리에 묻히고 불행과 횡포는 여전하지 않은가. 그건 언어로써 균형일 뿐이다.

포웰은 제3의 민족이기에 객관적이라는 것도 타당하지 않다. 이런 불행이 민족의 이질성 때문인지, 그래야 하는 지 안타까울 뿐이다.

이런 이야기가 떠오른다. 1858년 도쿠가와 막부 쇼군將軍 이에사다는 병약했다. 강성한 미국 함대가 개항을 요구하자 어쩔 줄 몰랐다. 쇼군 다음으로 막강한 권력을 휘둘렀던 다이로大老에 취임한 이이 나오스케는 당시 쇼군과 천황의 승인을 받지 못하고 있던 미국의 수호통상조약 요구를 독단적으로 처리하였다. 미국은 이 조약으로 다섯 항구를 개항시켰으며, 일본은 미국인에 대해서 치외법권까지 허용해야 했다. 일본으로서는 굴욕적이고 불평등한 조약이었다. 이런 강요에 의해 조약을 맺고 초대일본공사로 온 사람이 타운젠트 해리스라는 인물이었다. 그는 일본인을 이렇게 평가했다.

-- 일본인들은 자신들의 말에 침묵하거나 가만히 있으면 자신들의 말이 통하는 줄 알고 더욱 날뛴다. 따라서 그들에게는 항상 단호한 말과 강경한 태도만이 필요하다.

새삼스럽다. 내가 그것을 확인하고 있는 것은 아닌가 하여 마음이 무겁다. 그 말이 새삼스러운 것이 아프다.

– 임업시험장의 빛과 어둠

어둠이 다하면 새벽이 온다는 순리가 미덥지 않았던 시간이 잠시 멈추었는지 모른다. 1922년 5월, 신록이 어울려 갈 무렵 기쁜 소식이 왔다. 청량리 임업시험장 새 청사가 완공된 것이다. 들뜬 마음으로 신축 청사 인수 작업에 들어갔다. 기쁨을 기념할 생각으로 동료와 함께 산에 올라가 아주 튼실하고 잘 생긴 소나무 한 그루를 골랐다. 쭉 뻗은 나무가 아니라 벌써 가지를 두 세 개로 펼칠 준비를 하는 적송이었다. 기념식수를 할 만한 지위도 아니었지만 뭔가 표현하고 싶은 마음에 문득 생각을 한 것이다.

청사 앞 빈터 한 가운데 정성스레 심었다. 굽히지 않는 기개를 말하듯 쭉 뻗은 것도 좋겠지만 이것처럼 많은 가지를 치고 맘껏 펼쳐 일가를 이루었으면 하는 바람을 함께 심었다. 조선의 산도 넓게 가지를 드리워 푸름을 자랑하기를 바라는 마음이었다.

저녁 무렵 들뜬 마음으로 집으로 가는 길이었다. 순헌귀비 엄씨의 묘라는 영휘원 앞 쪽에 제법 많은 사람들이 분주히 움직이고 있었다. 아침에 보지 못했으니 아마 오늘 시작한 일인 듯 했다.

– 저기 무얼 짓고 있는 것 같은데?

같이 가던 점쇠에게 물었다.

– 아, 저거요. 황태자... 아니 왕세자 전하의 아들 무덤을 만든다고 하던데... 태어난 지 몇 달 되지도 않았다던데요.

… 음, 일본에 볼모로 간 영친왕의 아들을 말하는군.

점쇠는 이제 조선황제가 아니라 왕으로 강등되었으니 왕세자라 했을 것이다. 앞으론 왕이 아니라 무엇으로 불리게 될지 모른다. 조선의 앞길은 나 같은 사람이 짚어낼 수 없을 정도로 캄캄하다.

채 한 살이 되기도 전에 일본에서 조선으로 오고 가야하는 부모의 품에서, 눈을 떠보기도 전에 생을 마감했다고 하니 괜히 심란했다. 그들이라고 그런 무모한 여정을 계획했겠는가. 볼모 신세로 일본에서 살아가는 이름뿐인 왕세자가 마음대로 할 수 있는 게 무엇이겠는가. 세자는 그런 아픔을 품었으되 하소연할 곳도 없었을 것이다. 제 나라로 돌아와서 오히려 더욱 삼엄한 경계 속에서 살아야 하는 불행의 주인공일 뿐이다. 왕세자는 정치적 도구에 불과했다. 공적을 세우려는 데 혈안이 되어버린 일본 관료들의 좋은 먹잇감에 불과했다.

나라가 온전하고 제대로 보살핌을 받았다면 핏덩이의 죽음은 없었을 것이다. 어쩌면 왕손의 운명은 그게 나을 지도 모른다는 생각이 들었다. 국운이 기울어버린 나라의 자손, 살아남아도 목숨 부지하는 일이 버거울 것이다. 치욕을 견디는 일이 대부분일 터. 일본은 조선왕을 지방 영주에 해당하는 다이묘大名 정도로 생각하는 것 같다. 싸움에서 진 다이묘의 운명이야말로 비굴함과 죽음 사이의 선택만이 있을 뿐이다.

다음날, 건축과에서 신축 청사를 인수했다. 그날 밤은 내가 첫 당직을 서게 되었다. 점쇠에게 이불을 가져오라 부탁하고 간단하게 술과 음식을 준비했다. 조촐한 축하 파티를 열 셈이었다. 평소 가까이 하던 호림 군과 삼복이, 박서방을 불렀다.

모두들 자기 일처럼 좋아했다. 숲속에 자리 잡은 건물은 조용하고 아늑했다. 그들의 얼굴을 보면서 이 건물이 제대로 된 역할을 할 수 있기를 바랐다. 조선 조림사업의 운명이 여기에 달려 있는 것 같은 비장한 마음이 들었다. 장기도 두고 화투도 치면서 10시 경까지 기분 좋게 마시고 모두들 돌아갔다. 나도 술기운에 금세 골아 떨어졌다.

얼마 쯤 지났을까. 나는 가슴을 움켜쥐고 일어났다. 정신을 추슬러보니 막걸리를 제법 마셨는데도 취기라고는 없었다. 잠을 깬 이유는 악몽 때문이었다. 달빛이 창문을 지나가버려 방안은 어둑했고, 꿈을 생각하니 공포 같은 것이 몰려왔다. 꿈 내용은 이랬다.

사람들이 많이 다니는 길에서 어떤 주술사가 대여섯 살 된 소년에게 최면을 걸고 있었다. 나도 구경꾼 사이에 섞여 그 광경을 보고 있었다. 최면이 걸린 듯하자 주술사는 이번에는 15센티도 넘을 듯한 긴 못을 들어 사람들에게 보이고는 소년에게 다가갔다. 사람들은 숨을 죽이고 바라보고 있었다. 최면에 걸린 아이는 초점을 잃은 눈동자로 가만히 서 있다. 누굴 보고 있는지는 알 수 없지만 구경꾼은 모두 자기를 본다고 생각할 것이다. 잠시 후 주술사는 한 치의 망설임도 없이 소년의 가슴팍에 못을 박아버렸다.

순간 나를 비롯한 구경꾼들은 경악했지만 소년은 태연했다. 아이는 가슴에 못이 박힌 채 주술사가 시키는 대로 돌거나 구르며 재주를 부렸다. 말도 제대로 할 수 없는 어린 것이

삐에로 노릇을 하고 있었다. 나는 보다 못해 아이에게 쫓아가 가슴팍에 꽂힌 대못을 뽑아버렸다. 그러자 아이는 문득 최면에서 깨어난 듯 눈을 두어 번 깜빡이더니 나를 빤히 올려다보았다. 우수에 가득 찬 눈망울이었다. 그것도 잠시 소년은 최면에서 깨어나게 한 것을 원망이라도 하듯 눈빛이 날카롭게 변했다. 그 아이가 손을 내밀며 나에게 다가왔다. 나는 놀라 뒷걸음질 쳤다. 구경꾼들에게 둘러싸인 채 아이는 나를 쫓고 나는 도망을 쳤다. 주술사에게 소리쳤다. 제발 저 아이를 말려 주세요! 아무리 소리쳐도 누구 하나 말릴 낌새가 보이지 않았다.

그렇게 아이에게 쫓기다가 잠에서 깬 것이다. 외딴 건물에 나밖에 없었다. 마음이 진정되지 않아 숙직실을 나왔다. 문을 여니 시원한 바람이 몰려왔다. 앞을 보니 명성황후가 묻혔었다는 무덤이 달빛에 드러났다. 황후의 죽음에 관한 흉흉한 이야기들은 아직도 세간에 떠도는데 저 여인의 무덤은 저리도 쓸쓸하게 산속에 버려져 있단 말인가. 눈을 감을 수 없는 한을 품은 황후는 구천을 떠돌고 있는 것일까.

꿈속에서 나를 좇던 소년은 누구였을까? 어제 들었던 왕세자 전하의 아들이 떠올랐다. 이런 질곡의 시대에 태어난 아이와 꿈속의 소년이 지닌 원망의 눈빛은 어떤 연관이 있는 듯했다. 따지고 보면 저 무덤의 주인은 죽은 왕세손의 할머니 뻘이다. 이들의 죽음이 오늘 나에게 무엇을 말하려 했던 것일까. 좀처럼 잠을 이룰 수가 없었다.

이 새벽에 왕손의 죽음이 차라리 잘 된 것이란 모진 생각이 계속 머릿속을 맴돈다. 이유 없는 죽음은 없다고 한다. 이들 죽음의 이유가 내 잠을 쫓고 말았다.

희망과 절망이 교차하는 하루가 지난 새벽, 시커먼 구름이 달빛을 덮고 있었다. 무서움이 달려들었다.

당시의 청량리 임업시험장

– 아! 저 산에 봄은 왔건만

– 다쿠미, 방금 시험장장님으로부터 사방식재를 중지하라는 지시가 왔네.

다조에 기수가 묘포로 헐레벌떡 뛰어왔다.

– 뭐라구? 그게 사실이야?

나도 모르게 큰 소리를 지르고 말았다. 오늘도 월곡에 와서 묘포 관리와 사방식재 계획을 세우느라 똥오줌을 못 가리고 있는데 이건 대체 무슨 명령인가.

– 그래, 이유가 뭐지? 이미 사업계획서도 결재를 받아 놓았잖아?

– 글쎄 나라고 잘 알 리가 있나. 이를테면 효율성에 대해 더 검토해 볼 여지가 있다고 했다던가. 뭐 그런 이유라는데?

… 이런 빌어먹을, 그걸 모르는 사람이 어디 있단 말인가. 이미 모두 알고 있고 지금 우린 그것이 얼마나 효율적인지 검

증 중이지 않나.

얼마 전 산림국에서 있었던 사방식재에 대한 회의 때 일이 문득 스쳐갔다. 조선의 산은 황폐해져 비가 오면 쉽게 산사태가 일어나고 토사가 흘러내린다. 이걸 방지하고 복구하기 위한 방법으로 많은 사람들은 벗겨진 부분을 사방공사를 통해 묻어버리는 것을 선호했다. 반대로 나는 토양에 적절한 묘목을 연구하고 그걸 심어야 한다고 주장했다. 그때 산림과장의 일그러진 표정이 되살아났다.

… 그래 내 주장만 옳다고 고집한다는 건 바람직하지 않겠지.

그렇게 참자고 스스로를 눌러 오고 있었지만 결국 이런 지시까지 내려오니 화가 치밀었다. 조림사업이란 건 책상에서 이루어질 일이 아니다. 자연의 이치를 모르는 사람들은 학자들의 잠꼬대 같은 소리에 귀를 기울인다. 자기도 이해하지 못하는 뜬구름 같은 이론에 감격해 버리는 것이다.

괭이를 집어던지고 묘포에서 나와 잔디밭에 누웠다. 4월의 하늘이 부드럽게 내려다보고 있었다. 군데군데 구름이 떠 있어 싱그러움이 더했다. 새잎이 돋기 시작한 나무들이 사방을 둘러싸고 있었다. 산 속에는 진달래가 막 피어나는 시절이다. 마음이 가라앉고 조금 진정되었다.

… 다쿠미 참아보자.

아무리 그렇게 마음을 다잡아도 봄이 지나가고 있었다. 이건 정말 아까운 일이다. 온갖 식물이 싹을 틔우고 자리를 잡으려 할 이때, 우리의 실험은 시작되어야 하는데 그걸 중지하라는 지시가 내린 것이다.

성공과 실패는 일단 사방식재를 통해서 결론을 내려야 한다. 이 바쁜 봄날에 어설픈 이론과 행정으로 시간을 허비하고 있다. 박사라는 사람들이 저렇게 무책임한 것들인가 싶어 화가 돋았다. 봄이 지나가면 또 일 년을 기다려야 한다.

… 안 되겠어. 이렇게 기다릴 수만은 없어. 이래가지고선 조림사업은 또다시 늦어질 뿐이야.

다시 마음이 바빠져 후다닥 일어나 사무실로 가니 다조에기수가 불안스레 물었다.

– 어딜 가려고 그래? 가 보았자 소용없다는 것 잘 알면서 왜 그래... 고집만 더 세질 걸? 그들이 현장을 알기나 한단 말이야?

다조에는 느긋하게 웃었다. 어깨에 힘이 빠졌다.

… 그래 네 말이 맞다. 탁상공론만 일삼는 학자들... 산림기사가 아니라 탁상기사야!

쓴웃음이 배어나왔다. 세상의 이치를 거스르는 사람과 그들을 따르는 사람들에 대해 푸념밖에 할 수 없는 처지가 한심했다.

– 아니야, 그래도 가 봐야겠다!

소용없는 것이라면 당연히 가지 않겠지만 부딪쳐서 만들어내야 할 소용이라면 가야한다. 한 걸음에 청량리 사무소로 달려갔다. 장장은 흙과 땀으로 범벅이 된 나를 보고도 이미 예상한 일이란 듯 별 기색을 보이지 않았다.

– 장장님, 지금껏 실험하고 연구한 것을 아시면서 그런 명령을 내렸습니까?

– 나도 아네. 그건 내 생각만은 아니라네. 이번 건은 나를 떠나면 총독부 산림국 소관인 걸 모르나?

장장은 그제야 눈을 마주쳤다.

– 잘 아시지 않습니까? 잔디만으로 덮어서는 토양의 유실을 막을 수는 없습니다. 그 뒤에 나무를 심는 것도 더욱 어려운 일이구요. 임시방편에 불과합니다. 상처를 덮어버리기만 해서야 되겠습니까?

자연의 이치나 순리를 알아야 하지 않겠냐는 말이 입 안에 맴돌았다.

– 그래 안다고 하지 않았나? 자네가 이루어내고 있는 성과도 내가 알고 있지 않나?

장장은 내 주장이 틀리지 않음을 알고 있다. 지금 산에는 나무가 필요한 것이다. 하루빨리 조선 각 지역에 맞는 묘목을 길러내고 또 심어야 하는 것이다. 단지 부딪치고 싶지 않았을 것이다.

– 아시면서...

– 그만 하게 다쿠미. 일단 중지해. 나도 윗선의 판단이 아쉬운 건 마찬가지네.

장장이 역정을 냈다. 더 이상 말이 필요 없음을 알았다.

– 알겠습니다. 하지만 저는 사방식재를 위한 계획을 포기하지는 않을 것입니다.

내 방으로 가서 연구하던 중인 '노천매장법'에 대한 자료와 내가 생각하는 사방식재에 대한 계획을 건네주고 밖으로 나와 버렸다. 노천매장법은 2년에 걸쳐 싹을 틔워야 할 것을 1년으로 줄일 수 있는 획기적인 방법인데 한국잣나무는 이미 성공적이었다.

요즘 시행하고 있는 잔디를 까는 방법은 토목공사일 뿐이다. 올바른 사방공사는 땅과 식물의 관계를 생각하여 지반을 안정시켜야 한다. 편리한 대로 말뚝을 박고 돌담을 쌓아 잔디를 깔아버리면 그만이라는 생각은 잘못이다. 식물의 성장에 적합한 환경을 조성하고 토양의 유실이 우려되는 곳은 될수록 많은 나무를 심을 수 있도록 해야 한다. 무조건 거리를 맞추어 열병식 하듯 심어서 될 일도 아니다.

얼마 전 일본 굴지의 제지업 사장이 주재하는 조선호텔 만찬자리에서 활동사진을 보았다. 미국의 임업을 촬영한 것이었다. 벌목에서부터 종이가 나오기까지 전 과정을 보여주었는데 그 규모에 주눅이 들었다. 벌목이나 운반과정은 비행기에서 촬영했다. 하지만 그걸 보여주는 저의가 눈에 보였다. 저들은 홋카이도의 삼림을 거의 파괴해 버렸고, 가라후토의 삼림이나 조선의 산으로 눈을 돌리고 있는 것이다. 관료들과 기자들을 불러놓고 공개적으로 로비를 벌이고 있었다. 사업가의 눈에 비친 삼림이란 그저 노다지일 뿐이다. 잎을 갉는 송충이보다도 저들이 더 무섭다.

땔감으로 나뭇잎을 긁어가거나 죽은 나무를 베어가는 것이나 감시를 하고, 잔디를 심는 공사 따위나 생각하는 관료들에게도 이렇게 융숭한 대접을 하면서 아예 기를 꺾어 버리는 것이다. 이런 현실에서 내가 꿈꾸는 사방식재나 조림사업은 어떤 의미를 지니는지 궁금하기도 하고 스스로 한심하기도 했다.

게다가 학자라는 사람들은 또 어떤가. 학교에서 배운 지식, 책 속에서 섭렵한 지식을 가지고 딴 학위를 무기로 삼는 저들도 무모하기는 마찬가지다. 이들과 함께 하고 싶은 생각은 추호도 없다. 이럴 땐 마음이 흔들리기도 한다.

일주일이 지난 어느 날 장장이 나를 불렀다.

– 자네의 연구 자료 잘 보았어. 매우 훌륭한 연구였네. 끝까지 정리 잘 하길 바라네.

장장은 기분이 몹시 좋은 듯했다. 노천매장법은 흙과 종자를 섞고 그 위에 나뭇잎으로 덮고 자연 상태로 맡겨 놓는 것이다. 이 방법은 아직 세계에서 보고된 바 없는 새로운 방법이었다. 결과적으로 산림을 위하는 가장 좋은 것은 자연의 법칙에 맡겨 두는 것이다. 이럴 때면 '하나님의 것은 하나님에게 돌려주라'는 성경 이야기가 생각난다. 그 무엇이든 가장 바람직한 길은 하나라는 생각이 들었다.

– 그리고 사방조림 계획이나 묘목양성에 관계된 일은 자네에게 맡기기로 했네. 자네의 현실이 어설픈 이상을 누른 것 같네.

장장이 어색하게 웃으며 말했다. 인간 심리라는 게 묘했다. 그렇게 불만스러워했던 것이 내 소관으로 주어지자 갑자기 어깨가 무거워졌다. 그걸 받아야 하는가, 내가 그걸 해 낼 수 있을까 하는 고민으로 바뀐 것이다.

… 그래, 엉터리 화가가 되어 구걸하는 것보다는 조선 산의 푸름을 위하는 일이 진정 인류를 위하는 일일 것이다. 작은 캔버스에 채색하기보다는 지구를 채색하는 게 의미 있는 일이다.

내게 있는 가장 대단한 능력이 있다면 자연의 순리를 믿는다는 것이다. 곶감을 보면 재미있다. 껍질을 벗기지 않고 매

달아 놓으면 물렁하고 달콤한 홍시가 될 테지만 껍질을 벗겨 말리면 쫀득하면서도 더욱 달콤한 곶감이 되는 것이다. 이것이 자연이다. 자연이란 인간의 힘으로 어찌할 수 없는 이치다. 인간이 할 수 있는 것 외에는 그들에게 맡기면 되는 것이다.

조선에서 배운 사필귀정事必歸正이란 말이 그것이다. 참 좋은 말이다. 하지만 이 땅에는 바르게 돌아가야 할 것이 너무 많다.

다쿠미가 심은 것으로 추정되는 국립산림과학원 마당의 소나무

다쿠미, 영혼으로 만남 - 다섯

가을비 쓸쓸하게 내리면

창을 열고 본다. 피마자꽃

참새 쫒는 아이들 소리

조그만 골짜기 소담스러운 산

고요하게 저물어가는

청량리

다쿠미는 오늘밤 시 한편을 읊어주었다. 매우 간단한 시였다.

- 청량리라면 선생님이 살던 곳 아닙니까? 직접 쓰셨나요?

- 한 때 내 집에 머물렀던 도미모토 겐키치가 보내 준 시라오. 도미모토는 내가 살던 한옥의 분위기가 무척이나 좋았나 봐요.

- 호젓하고 정겨운 풍경화 한 폭이 그려집니다.

– 맞소, 지금은 흔적조차 없겠지만 눈에 선하군요. 우울하거나 내려놓고 싶을 때 마을길을 걸었지요. 가끔 이 시도 동행을 했구요.

– 지금까지 들어보니 선생님의 고뇌가 단순하지 않았던 걸 알겠습니다. 가치관이나 직장 일, 조선현실이 모두 궤를 같이 했다는 걸 말입니다. 게다가 기미독립운동은 한국현대사에서 가장 격동적인 사건인데 그것을 바라보는 마음도 말입니다. 그러면서도 조선에 남기로 한 것에는 어떤 이유가 있었던 겁니까?

– 지금 생각하면 그런 것도 아닙니다. 실은 제가 있어야 할 곳이 따로 있는 것도 아니었을 겁니다. 현실에서 눈을 돌리고 싶었던 마음이었던 거죠. 굳이 외면이나 도피라고 할 것까지도 없었고, 또 떠난다고 해결될 일도 아니라는 생각이 뿌리내리기 시작한 것이겠죠.

– 저는 선생님이 조선의 현실을 따뜻하고 객관적인 눈으로 보고 있었다고 판단합니다. 그게 제가 존경하는 이유입니다. 한데 제 생각과 달리 선생님의 뜻이 폄하되거나 왜곡되는 부분이 걱정스럽습니다.

– 고맙습니다. 그리고 어디에나 나름의 이유는 있을 테지요.

다쿠미의 행적과 활동에 대해 한국인의 입장에서 '어떤 한계를 확인하는 것이 필요'하지 않느냐는 글을 읽은 적이 있다.16) 그 근거는 야나기에 있는 것으로 보였다.

야나기가 주도했던 '민예'는 그때나 지금이나 일본에서 여전히 주목받고 있다. 그러나 공예에 대한 인식이나 미의식, 실천방법 등에서 비판도 받고 있다. 내가 읽은 글도 야나기를 비판하는 글이었다.

대개 야나기의 '민예'는 조선의 다쿠미를 만나면서부터, 즉 조선의 공예와 만난 후 탄력을 받은 것으로 해석한다. 하지만 다쿠미 한계를 지적하는 근거는 거꾸로 다쿠미가 야나기로부터 영향을 받았다는 전제에서 출발하고 있었다. 그렇게 되니 야나기의 아류로 규정되어 버리고 다쿠미의 조선 공예에 대한 시각이 왜곡된 거로 보였다.

- 저는 선생님이 분노하고 슬퍼했던 것들을 통해 선생님에게 다가갔기에 이런 생각을 했습니다. 결과적으로 서운함이 있지 않을까 말입니다. 현재 한국 인공림의 37%가 잣나무라는 결과도 선생님과 관련되었다는 평가 같은 것도...

- 평가는 후대의 전유물이겠지만 보다 나은 미래를 위한 작은 밑거름이 되었으면 그만이겠죠.

- 그렇습니다... 이럴 땐 선생님 가정이라도 행복했었다면 조금은

---

16) 「인간부흥의 공예」 이데카와나오키.

위안이 되었을 텐데 하는 생각을 합니다.

- 아, 개인적으로는 그렇소. 나보다 훨씬 먼저 간 아내와 딸을 생각하면 말이오…

– 피지 못한 꽃, 아내 미쓰에

팔월 한가위를 앞둔 날, 미쓰에는 빨래한 옷을 개다 말고 소노에를 바라보고 있다. 세 살이 넘은 아이는 엄마 옆에서 제 나름대로 바쁘다. 반짇고리에서 골무나 실패를 가지고 장난감 삼아 논다. 그것들을 손가락에 끼워보기도 하고, 빨기도 하다가 도투락댕기를 두 손으로 잡고 당겨보기도 한다. 조선에서는 어린 계집아이가 머리카락이 땋을 만큼 길지 못할 때 도투락댕기를 달았다.

– 우리 딸도 조선 아이들처럼 색동돌띠두루마기를 입고 조바위를 쓰고 당혜를 신어야 하는 운명일까요?

그것을 사 온 날 아내가 조심스레 물은 말이었다. 그녀는 내가 조선옷을 입고 조선사람들과 어울려도 싫은 내색은 하지 않았다. 스스로도 익숙해지려고 하지만 어떤 막연한 불안은 벗을 수 없는 모양이었다. 나는 그저 웃어주었다.

누운 채로 방안을 둘러보았다. 가로, 세로의 직선이 같은 간격으로 교차해 나가는 격자문양의 장지문이 아침 햇살을 받아 환했다. 한지로 마무리 된 벽이 지닌 은은함도 좋다. 장롱은 환하게 펴지는 빛에 자신의 유려한 무늬를 미세한 음영으로 보여주고, 손때가 묻은 장석도 반질거렸다.

나지막한 반닫이 위에는 오래된 먹감나무로 만든 경대가 있다. 그녀가 가장 좋아하는 물건이다. 모서리마다 놋쇠 장석으로 마감해 함처럼 보이지만, 뚜껑을 열어서 세우면 거울이 나타나는 모양이었다. 그것을 사오던 날이 새삼스럽다.

서쪽 벽면으로 난 여닫이 창 밑에는 소나무로 만든 중치의 문갑이 있다. 천장이 낮은 한옥에서 벽면에 시원한 여백을 주어 공간이 넓어 보이도록 높이를 낮추고 폭을 좁게 만들었다. 문갑 위에는 분청으로 빚은 꽃병이 놓였다.

조선에서 살 수 있겠냐는 나의 물음에 미쓰에는 쉽게 고개를 끄떡이고 말았다. 그녀에겐 조선이나 일본은 없었고 나만 있었던 듯하다.

– 미쓰에, 힘들었지? 그래도 요즘은 시원한 게 살맛이 나는군.

미쓰에는 결혼 전보다 몸이 더 야위었다. 갸름하고 동그란 얼굴에 볼 살이 패였다. 그녀는 당시 일본에 드물었던 기독교 집안에서 자랐다. 온순하고 고운 성품을 지닌 여인이었다. 난생처음 들어본 조선이라는 나라에서 살 수 있다고 믿은 것은 오직 나 때문이었다.

단지 몸이 따라주지 않았다. 특히 더위에 약했다. 우리가 살던 야스가다케 산록에 비해, 조선의 여름은 그녀에게 가혹했다. 그것이 늘 걱정이었고 그녀는 그녀대로 미안한 모양이었다.

– 전 괜찮아요. 당신이 오히려 걱정인걸요.

나는 집에 있는 날 보다 밖으로 돌아다니는 일이 더 많았다. 얼마 전에 끝낸 조선 노거수老巨樹를 조사하는 일도 그렇지만, 조선에 자라는 주요 나무종의 분포를 조사하거나 성장 환경을 분석하는 일은 모두 발로 뛰어야 하는 일이었다.

– 미쓰에, 나를 택한 것을 후회하지 않소?

– 그게 무슨 말이에요? 당신이 하는 일이라면 무엇이든 좋아해요. 저것 보세요, 아직도 바지저고리 빨래가 서툴다고 옆집 아주머니가 저렇게... 누가 일본사람에게 저렇게 하겠어요?

미쓰에는 풀을 먹여 잘 마름질 한 옷을 가리켰다.

– 아니오, 당신 곁에 있는 시간이 부족하오. 당신을 즐겁게 해 줄 수 없소. 당신은 이 조선이 어떤 나라인지 전혀 모

르고 있잖소. 미쓰에, 몸이나 잘 챙기세요. 올해는 이미 늦었고 내년부터는 여름엔 소노에를 데리고 고후 친정으로 가도록 해요.

그녀는 고개를 흔들며 방싯거리는 소노에를 바라보았다.

– 아니에요. 그건 그때 가서 생각할 일이에요. 참 식사 하셔야죠. 옆집에서 많은 음식을 보냈어요. 이 떡 좀 보세요. 정말 예쁘죠?

해주반 밥상에는 백자 밥사발과 김치와 나물을 담은 도자기 그릇이 몇 개 놓여있다. 특히 놋쇠 주발에는 먹음직스럽게 빚은 윤기가 흐르는 송편이 담겨 있었다.

– 고향에서 오봉 때 먹던 아베카와모찌가 생각나는군요.

미쓰에가 송편을 들면서 말했다.

– 그래요, 벌써 지나갔겠군.

– 송편이 쫄깃하고 달콤하고 고소하기까지 하군요.

– 그렇소. 이 속에는 볶아서 빻은 콩가루가 들었기 때문이오. 그리고 말이오. 조선 풍습에는 송편을 예쁘게 빚어야 예쁜 딸을 낳는다 해서 정성을 다한답니다. 소노에를 보니 당신은 아마 송편을 무척 잘 빚을 것 같소 하하.

– 하여간 당신은 조선사람이 다 되었어요. 난 이제 어떡하죠?

미쓰에가 장난스럽게 입을 삐죽거렸다.

– 까짓것 어려울 게 뭐 있겠소. 내가 치마저고리만 사 주면 되지. 하하하.

그녀가 생면부지의 땅, 조선으로 건너온 것은 6년 전이었다. 단아한 몸매에 창백하리만치 뽀얀 피부를 지닌 미쓰에와 나는 고후에 있는 감리교회에 다녔다. 내가 조선으로 건너온 후, 친구인 마사토시가 보낸 편지에는 누이인 미쓰에를 데려갔으면 하는 바람이 있었다. 미쓰에가 나를 잊지 못하고 있다고 했다.

미쓰에의 속마음을 아는 마사토시가 부모님을 설득했다. 설득이라고 할 것도 없었다. 부모들도 나를 익히 아는 바였고, 단지 조선으로 보낸다는 것이 설득이라면 설득이었지만 그리 어렵지 않았다.

다만 내가 망설였다. 오누이처럼 지낸 미쓰에가 사랑스럽고 맘에 들긴 하지만, 제비꽃처럼 가냘프고 세상물정 모르는 그녀가 이국땅에서 살 수 있을까 하는 염려 때문이었다. 결국 마사토시의 집요함이 나를 움직였다.

경성에서 결혼을 한 첫날밤, 미쓰에의 맑은 눈을 들여다보았다.

– 미쓰에, 종종 내 사랑이 당신에게까지 미치질 못할지도 몰라. 당신은 나만 바라볼 수밖에 없지만, 난 여기서 해야 것들이 너무 많아져 버렸소.

– 제겐 당신이 꿈이며 현실일 뿐이에요. 당신의 뜻은 옳고 예쁠 것이니 제 것도 그럴 거예요.

– 우리의 신방에 있는 장롱이나 이불이 어색하지 않소?

마주 앉은 우리들 옆에는 겨울에 덮는 핫이불과 베개가 나란히 놓여 있었다. 내 베개는 네모지고, 미쓰에 것은 둥근 양쪽 마구리에 장수를 기원하는 길상무늬를 수놓았다.

– 아니에요, 정말 예쁘고 맘에 들어요.

삼월 삼짇날이나 단오, 유두, 백중 때가 되면 미쓰에에게 조선의 풍속을 보여주었다. 그녀는 농악이나 풍물패를 유난히 좋아했다. 정월대보름이면, 흰 바지저고리에 검은 덧저고리를 입고, 양 어깨에서 사선으로 교차하는 띠를 두른 풍물잡이들이 긴 행렬을 지어 먼저 마을 앞 당산나무를 돌고 나서, 집집마다 찾아가 부엌, 우물, 장독, 화장실 등에서 지신밟기를 하였다.

농자천하지대본이라 쓴 깃대를 앞세우고, 길잡이는 탕건을 쓰고 한 손에는 쥘부채를, 다른 손에는 장죽을 들고 팔자걸음을 놓는다. 상쇠를 비롯한 꽹과리가 뒤를 따르고 징과 북,

소고를 든 사람들, 상모를 돌리는 사람이 흥을 돋우었다. 그럴 때면 미쓰에도 아이처럼 즐거워하며 따라 다녔다.

시장 가게 앞에선 고사상을 차려 놓고, 상쇠잡이가 액막이 지신풀이 사설을 목소리 좋게 늘어놓으면, 주인은 제상 앞에서 두 손을 비비며 굽신거렸다.

-- 따당 따당 따당 따당.

지신아 지신아 잡신들은 물러가소 따당 따앙.

좀도둑도 막아주고 소도둑도 물려주소 따당 따앙.

조상님네 잘 모시고 만복을 받아보세 따당 따앙...

– 뭐라고 하는 거예요?

조선말을 모르는 아내가 나를 쳐다보았다.

– 새해에 나쁜 기운들을 물리치고자 하는 소원이 담겨 있소.

– 그렇군요. 저 소리 참 듣기 좋네요.

미쓰에가 리듬에 따라 고개를 까닥이며 꽹과리를 가리켰다. 그녀의 즐거움이 나를 흐뭇하게 했다.

아내에게는 음식이나 사람이 걸림돌이 되지 않았다. 하지만 경성의 치명적인 무더위가 미쓰에를 쓰러뜨리고 말았다. 의사가 경성은 치료 환경이 좋지 않아 어렵다고 했다. 어머니가 간호를 자청하여 급히 야마나시 병원으로 옮겼다. 그리로 간 지 일주일도 되지 않아 전보가 도착했다. 며칠 간의 출장에서 돌아왔을 때, 전보가 먼저 기다리고 있었다. 바삐 짐을 꾸리면서 미쓰에를 살려달라고 하나님께 기도했다.

… 다쿠미, 꼭 돌아올게요.

경성역에서 백짓장처럼 해쓱한 미쓰에가 남긴 말이 마지막이 아니기를 기도했다. 야마나시 현립병원에 도착했을 때 미쓰에의 몸은 이미 싸늘했고, 긴 이별의 편지가 나를 맞았다. 편지는 '사랑하는 다쿠미에게'로 시작되었다.

-- 다시는 그리운 이를 보지 못할 듯한 마음이 드는 것은 제가 약해졌기 때문인가 봐요. 돌아간다는 약속은 애당초 저만의 바람이었죠.

당신은 참 착한 사람이에요. 조선 아낙네들은 봄철이면 머리에 수건을 두르고, 산나물이며 채소를 대광주리에 담아 이고 팔러 다녔죠. 무엇이든 이고 다니는 그들이 참 신기했지요. 어느 봄날 일요일이었을 거예요. 당신과 나 그리고 소노에가 교회에 가려고 막 집을 나서는 길이었죠. 마침 채소장수가 집 앞에 지나갈 때, 당신은 그녀를 불러 세우고는 값을 물었지요. 아낙이 20전이라고 하자 내가 물었죠. 옆집에서는

5전을 깎아서 팔지 않았나요? 그러자 당신은 두말 않고 그랬죠. 난 그러면 25전에 사겠다고 말이에요. 막무가내로 돈을 내밀고 말았죠. 아낙은 놀란 얼굴을 하며 그럴 수 없다며 채소를 집히는 대로 듬뿍 주었죠. 그렇게 더 주겠다고 실랑이를 하던 당신의 얼굴이 생생합니다.

당신이 조선으로 떠난다고 할 때의 어둠과 당신과 혼례를 하던 날의 눈부심이 연이어 떠오릅니다. 조선에서는 짧은 시간이었고 아는 사람도 없었지만 당신 때문에 행복했답니다.

돈이 생기면 어려운 조선 학생들 장학금으로 선뜻 주시곤 했지요. 누구에게 말하는 법이 없었지요. 하지만 제가 모를 리는 없잖아요? 당신이 하시는 일은 조선의 일도 일본의 일도 아니었어요. 오직 해야 하는 일인 것만은 분명해요. 나에게 미안해하면 저는 눈을 감지 못할 거예요. 하나님은 그런 당신을 사랑할 것이고 저도 당신을 끝까지 응원하거든요.

그리운 당신, 지금 정신은 혼미하지만 당신 얼굴은 너무도 또렷합니다. 당신이 사랑하는 것들이 오롯이 당신의 뜻대로 되기를 기도할게요. 제가 아끼던 경대는 소노에에게 꼭 전해 주셔야 해요. 그 속에 제 모습이 가장 많이 남아 있을 거예요.

이 글이 소용없기를 바라지만 제 손 끝에 힘이 없군요. 안녕, 사랑하는 다쿠미.

– 당신을 만난 후, 단 한 순간도 고후의 소녀를 벗어난 적이 없는 미쓰에.

아내의 편지를 접었다. 싸늘하고 핏기 하나 없는 아내의 손을 오랫동안 놓지 못했다. 창문 너머 멀리 후지산이 보일 듯 말 듯 희미했다. 아직 아무것도 모르는 소노에를 감싸 안았다. 나 하나만 믿고 따라 온 가냘픈 나비 같은 아내, 날갯짓도 해 보지 못하고 눈을 감았다. 그녀를 아무렇게 두고 내 일에만 골몰한 회한이 몰려왔다.

그해 여름은 내 삶에서 가장 행복했던 시간과 함께 저물었다.

– 광화문은 어디로 가는가

경성의 꽃은 단연 경복궁이다. 아내 미쓰에와 많은 시간을 보낸 곳이다. 경회루 앞 연못을 거닐던 시간은 신혼의 행복이었다. 연못이 얼면 그녀의 손을 끌며 얼음지치기를 하기도 했다. 시골에 살았던 아내는 화려한 교태전을 보면서 어설픈 나의 조선역사 강의를 흥미롭게 들었다.

아내가 세상을 떠난 뒤에는 경복궁의 그늘을 보게 되었다. 근정전 회랑에 아무렇게 쌓인 채, 거적더미를 둘러쓰고 있는 돌무더기를 보았다. 보고 싶어서가 아니라 그들이 나의 시선을 잡아채기 때문이었다. 궁내대신 다나카 미쓰아키가 제멋대로 해체하여 일본에 가져가 자기 집 정원에 세웠던 경천사지 10층 석탑 해체물이다. 석탑은 천신만고 끝에 돌아왔지만 결국 거기에 방치되어 있었다.

다나카가 굴복하고 석탑이 돌아오자 신문은 시끄러웠다.

데라우치와 사이토 총독에 걸친 노력이 성과를 거두었다고 자찬을 늘어놓았다. 총독부는 그렇게 스스로의 범죄행위를 조선의 문화재에 대한 사랑과 애정으로 바꾸어 놓았다.

하지만 총독부에서 반환을 요구한 것은 조선을 위한 배려는 아닌 듯했다. 그랬다면 이런 모습으로 방치할 리는 없다. 분명 조선총독부의 소유물이란 인식 하에 이루어진 일일뿐이었다. 결국 경천사지 석탑은 총독부 건물이 들어서는 뒤란에 버려졌고, 망국의 왕실 구석 한쪽을 차지한 돌무더기가 되어 버렸다.

깨어져 나간 팔작지붕 모양의 옥개석을 떠올렸다. 그것이 조선의 모습이라고 생각했다. 다시 세울 힘도, 스스로 일어날 수도, 일으켜 세워 줄 손길도 없는 돌무덤이라 생각했다. 메이지 신궁의 화려함도 경복궁에 비하면 돌계단 하나도 나을 게 없는데 이 경복궁에는 주인이 없다.

공사가 한창인 총독부청사를 뒤로 하고 나오는 길에 동아일보에 근무하는 염상섭[17]을 찾았다. 그는 요즘 단편소설 「표본실의 청개구리」를 발표하여 문단에서 주목을 받고 있었다.

– 경복궁도 보고 고미술점도 둘러보고 겸사겸사 들렀소. 퇴근 시간이 되지 않았나요? 차나 한 잔 할까 하고 말이오.

---

17) 1920년대 소설가. '삼대'. '만세 전' 등의 작품이 있다.

우린 '우미노우따海の歌'라는 다방으로 들어갔다. 서너 테이블을 차지한 손님들은 대개 일본인이었다. 커피를 시켰다. 조선사람들은 서양에서 들어왔다는 뜻으로 '양탕洋湯국'이라는 재미있는 이름을 붙였다는 말을 들었다. 고종황제가 즐겼다는 커피는 그래도 일반사람들에게는 아직 생소한 차였다.

– 비창이군요.

– 맞습니다.

염상섭이 맞장구를 쳤다. 다방에는 차이콥스키의 교향곡 비창 제6번이 흐르고 있었다. 제2악장으로 막 넘어가는 중이었고, 어둡고 우울한 선율이 첼로에서 펴지고 있었다.

– 클래식을 좋아하나 보군요?

내가 자리를 잡으면서 물었다.

– 그런 건 아니지만 이 음악을 들으면 그때 생각이 나거든요. 결코 잊을 수 없는...

– 그때라면 무슨?

– 1919년 3월 19일을 기해 오사카 덴노지 공원天王寺公園에서 학생과 노동자 연합으로 대중집회를 열고 독립선언서를 발표할 계획이었지요.

염상섭은 담배를 빼어 물었다.

– 왜, 장소를 오사카로 잡은 거죠?

– 도쿄에서 하고 싶었지만 2·8독립선언 때문에 많은 사람이 체포되어 불가능했었죠.

– 독립선언서는 누가 썼나요? 혹시 횡보 당신이?

– 그렇소... 하지만 거사 이틀 전에 탄로가 나고 말았죠. 우린 절망했습니다. 그 시절에 비창은 유학생들의 마음을 대신해 주었습니다. 아니 비창을 들으면서 자살을 하는 젊은이들도 있었지요.

염상섭의 얼굴에 스치는 분노를 보았다. 잠시 후, 내가 주위를 둘러보고 소리를 낮추었다.

– 횡보, 광화문이 헐릴 거라는 이야기를 들어보았죠? 신문에는 나오지 않았지만.

– 그야, 늘 떠돌던 거라 면역이 생길 정도가 되지 않았나요?

염상섭이 대수롭지 않다는 듯 담배를 비벼 껐다.

– 정말 그럴 거라 보오?

–경복궁 안마당에 청사까지 짓는 마당에 그런 일이야 예정된 수순이란 건 삼척동자도 알 일 아니겠소?

횡보는 궐련을 또 한 개비 빼어 물었다. 그 말을 들으니 초조함이 더했다.

– 그저 두고 보아야 할 일인가요?

– 그렇다고 누가 저들의 행태에 제동을 걸 수 있겠소?

담배가 다 타 들어갈 때까지 말이 없자 내가 먼저 입을 열었다.

– 만일 말이오, 내가 광화문 철거에 대해 비판하는 글을 쓴다면 게재해 줄 수 있겠소?

아직 정리되지 않은 원고를 그에게 내밀었다.

-- 나는 자주 광화문을 찾는다. 실은 보고 싶지 않지만 보아야만 하는 의무를 생각한다. '여기는 조선인가, 일본인가, 알 수가 없다. 조선은 실체가 없는 존재인가' 이것이 여기에 들고 오는 화두가 되어버렸다.

멀리서 광화문을 바라보고 서면 넓은 길 양쪽에 회랑처럼 줄지어 선 건축물들이 아늑한 분위기를 연출한다. 갓을 쓴 노인들과 흰 치마저고리를 입은 아낙들, 수레를 끌고 지나가는 사람들을 품고 있다. 양쪽엔 웃는 듯 근엄한 듯 모호한 표정으로 해태가 섰다. 이젠 웃음거리가 될 일도 멀지 않은 듯하다. 한걸음으로 곧장 광화문을 들어서면 거기가 조선 왕조의 심장이다. 박동이 멈출 듯 미약하지만 위엄이 서려있다.

하지만 지난 6년 동안 광화문 앞을 지나는 사람들은 애써 눈을 돌리거나 고개를 숙이고 말았다. 이젠 광화문을 열어

제치고, 눈을 부릅뜨고 본다고 해도 근정전의 위용을 볼 수 없다. 거대한 대리석 건물이 괴물처럼 끼어들었다.

몸을 뒤척일 수도 없다고 불평을 늘어놓을 사람은 또 누구일까. 뛰어 든 자가 답답한 자리에 끼어들었으니 답답하다 할 밖에. 끼어 든 자는 기회를 볼 것이며, '답답하단 말이다. 내 시야를 가로막지 마라!' 고함을 치려 할 것이다. 그래서 광화문은 거추장스럽게 될 것이다.

웅장하고 날렵한 자태, 엄정하고 단아한 광화문이여. 그의 자리가 사뭇 쓸쓸하다. 광화문은 더 이상 문이 아니겠구나.

조선 황제는 집무실 마당을 잃어 답답하건만 돌려 달라 하지 못하고, 총독은 답답한 마당을 틔우려 할 것이다. 이제 광화문의 운명은 그들의 마당이 되는 것이다. 그래서 될 일인가. 떠도는 소문은 어디서부터 비롯되었는가. 광화문의 자리는 거기일 뿐인데 어디로 가란 말인가.

마주하는 남산에도 거대한 신전이 하나 들어서고 있다. 남산 한양공원에는 이 나라의 신을 모시지도 않은 '조선신궁'이 우뚝 서 있다. 아마테라스오미카미와 메이지천황이 이 땅을 접수하는 모양이다.

무엇을 바라는 걸까? 신들이 앞장을 서는 것인가. 신들을 앞잡이로 세우는 것인가. 광화문이 사라지고, 조선 신궁에

신들이 자리를 잡으면 조선은 사라진다는 것일까? 아니 벌써 사라졌는지도 모를 테지. 그렇다면, 그렇다면 난 솔직히 인간의 옷을 벗고 싶다.

부끄러운 일이 명백하다. 백악의 산이 있는 한 일본인의 수치는 영원히 지워지지 않을 것이다. 내 삶도 점점 거칠어지고 있다...

원고를 읽는 염상섭의 표정이 일그러졌다.

– 김성수 설립자와는 약간의 교분이 있습니다만.

– 그래도 이건 실을 수 없을 것이오. 그 이유는 잘 알 것입니다. 우리가 당한 고초를 알지 않소?

동아일보는 창간된 지 얼마 되지 않은 때에 강제 무기정간을 당했었다. 조선의 제사를 다루면서 일본 전통신앙인 삼종신기三種神器를 모독했다는 이유였다. 일본 황실은 거울·옥·검을 삼종신기라며 귀하게 모신다. 일본 천황가의 조상신인 니니기가 하늘에서 땅으로 내려올 때 태양의 여신 아마테라스 오미카미로부터 하사받은 것이라고 한다. 삼종신기는 천황의 정통성을 입증하는 신물인 셈이다.

– 만약에 말입니다만, 야나기 선생이라면 문제는 달라질 수도 있을 것입니다.

기운이 빠진 나를 안타깝게 보던 염상섭이 조심스럽게 입을 열었다. 가만히 생각해 보니 그럴 것 같기도 했다. 야나기는 종횡무진으로 글을 써 왔지만 제재를 거의 받지 않았다. 뛰어난 가문에다 가쿠슈인學習院과 도쿄대학을 우수하게 졸업하고, 유럽 유학까지 다녀온 엘리트라는 위상 때문이었을 것이다. 아버지는 해군 장성 출신이다. 그런 야나기의 글이라면 함부로 제재를 가하지 못할 뿐 아니라, 신문사도 자연스레 책임을 면할 수 있다는 뜻이었다.

야나기에게는 광화문 이야기를 하며 안타까움을 토로한 적이 있다. 그렇다고 내가 그걸 쓰라고 채근할 입장은 아니었다. 하지만 이심전심이란 이런 걸 두고 하는 말일 것이다. 얼마 후 야나기가 월간 '가이조改造'를 보내왔는데 거기엔 광화문에 대한 매우 긴 원고가 실려 있었다. 제목은 '사라지려고 하는 조선의 한 건축물에 대해서'였다. 훌륭한 원고였다. 가슴이 후련했다. 이것을 읽은 사람이라면 누구나 가슴이 두근거릴 것이다. 다음 날 나는 동아일보의 장덕수 앞으로 편지를 썼다. 그리고 편지와 야나기의 글을 신문사로 보냈다. 보름 후 야나기의 글은 조선말로 번역되어 무려 5회에 걸쳐 동아일보에 연재되었다.

광화문이 조금이라도 위로를 받았을까. 이미 노도처럼 밀고 오는 흐름을 막을 수는 없겠지만 또한 모르지 않는가. 야나기의 글은 다음과 같이 시작되었다.

-- 이 글을 공개할 때가 왔다. 지금 동양 고건축을 무모하게 파괴하려 하는 것에 대해 나는 가슴이 조여 고통스럽다. 조선의 수도인 경복궁을 가보지 않은 사람은 왕궁의 정문인 광화문이 헐리려는 것에 대해 무신경할 지도 모른다. 그러나 모든 독자는 동양을 사랑하고 예술을 사랑하는 사람들이라 믿고 싶다…

그리고 점점 감정의 수위를 높여 갔다.

-- 광화문이여, 너의 목숨은 지금 경각에 달려 있다. 네가 오래전부터 존재했다는 기억이 차가운 망각 속에 묻히려 한다. 어쩌면 좋으냐. 내 마음은 갈피를 잡을 수가 없다. 가혹한 정과 무자비한 망치가 너의 몸을 파괴하기 시작할 날이 멀지 않다…

무척이나 길게 이어진 원고에서 야나기는 광화문의 영욕을 자세히 그려내 사람들의 심금을 울렸다. 그리고 이렇게 마무리 했다.

-- 너를 낳은 친근한 민족은 언론의 자유를 잃었다. 하지만 이 세상엔 너를 아끼고 사랑하는 사람이 있다는 것을 그들을 대신해 생전의 너에게 알리고 싶은 것이다. 그래서 나는 이 말들을 써서 만인 앞에 내보내는 것이다. 이로써 너의 존재가 다시 한 번 사람들에게 깊이 인식된다면 얼마나 기쁜 일인가. 내가 쓴 글로써 그 의식을 이을 수 있다면 너도 기뻐할 것이다. 그 일이 또한 나의 기쁨이다.

야나기의 글을 읽은 그날 얼마나 술을 마셨는지 모른다. 나 또한 공범이 아닐 수 없는 일이었기에 자책으로 울었고, 이 글로 인한 하나의 희망이 솟아나길 갈구하며 마셨다. 운명이란 결코 순리가 아니란 걸 뼈저리게 느끼는 조선생활이었다. 권력으로 조작으로 억압으로 만들어낸 결과를 허울 좋은 소리로 운명이라 할 뿐이었다.

해체를 위해 광화문을 씌워 놓은 가설재가 마치 감옥처럼 보이지만 그래도 무너뜨리지 않고 이전하게 된 광화문에 대해 감사를 해야 하는 것인지도 모른다.

나는 이렇게 일기를 썼다.

-- 조선의 이러한 것들을 경의를 표하며 받아들이는 날이 오지 않는 한, 조선반도에 평화는 오지 않을 것이다... 위대한 건축은 위대한 인물에 의해 완성된다. 메이지 신궁은 어디에서도 위대함을 찾아볼 수 없다... 위대함과 방대함은 다르다...

아내도 갔지만 그녀와 나의 작은 행복이었던 경복궁마저 사라지고 있다. 아내는 그립지만 재앙이 시작된 경복궁은 애처롭다.

가설재에 묶인 채 철거되는 광화문

– 천사 인형

1925년 여름, 야나기와 도예가 가와이 간지로河井寬次郎와 함께 효고兵庫현 단바丹波에 모쿠지키木喰 불상을 연구하러 가게 되었다.

산요센 열차는 히메지姬路를 지나고 있었다. 천수각이 하얗게 빛나는 히메지성이 차창으로 지나가고 있다. 직접 보지는 못했지만 일본에서 가장 아름다운 성으로 꼽히는 곳이라고 들었다.

– 다쿠미, 정말 평생을 혼자 살 거요?

– 또 그 이야기입니까?

차창을 보고 있는 나에게 야나기가 말을 걸었다. 야나기가 내 중매를 자청해 온 건 어제 오늘 일이 아니다. 아내 미쓰에를 먼저 보내고 딸 소노에마저 처가에 맡기고 사는 내가 안쓰러운 모양이었다. 그 동안 여러 사람들이 재혼을 권했지만 미쓰에에 대한 마음이 그것들을 누르고 있었다. 꼭 그런 것만은 아니었고 가끔은 서로를 진정 이해할 수 있는 사람이라면 괜찮다는 생각도 했다. 그러나 그저 세속적인 만남은 하고 싶지 않았다.

– 4년이 흘렀소. 고집부리지 말고 진지하게 고려해 보시오. 나도 나서 볼까 하는데?

가와이도 거들고 나섰다. 그는 조각이나 디자인에도 조예가 깊어 이번 여행에 동참했는데, 일본에선 벌써 국보적인 존재로 거론되는 인물이다.

– 언제까지 딸을 그렇게 둘 거요? 가정을 꾸려야 소노에도 함께 살지. 미쓰에도 저 세상에서 그걸 원하고 있을 거요. 바쁠수록 가정은 더욱 필요한 법이지요.

야나기의 말대로 내 일이란 게 한두 가지가 아니다. 무얼 위해 사는지 돌아볼 여유도 없이 달려왔다. 소노에 생각을 하면 가슴 한 쪽이 시리다. 네 살이 되던 해에 제 어미를 잃고 쭉 외갓집에서 살고 있다. 이젠 소학교에 들어갈 나이가 되었다. 나도 하루라도 빨리 함께 살 수 있다면 좋다고 생각했다. 야나기의 말이 그날따라 허투루 들리지 않았다.

– 그럼 야나기 형이 알아서 해 줘요. 조선에는 중매 잘 서면 술이 석 잔이지만 잘못 되면 뺨이 세 대라는 말이 있으니

알아서 하시구요.

– 좋아, 분명히 허락한 거지? 빰을 맞을 땐 맞더라도 난 꼭 결혼시키고 말거요 하하하.

야나기가 가와이를 보고 웃었다.

그날 이야기는 석 달 후에 현실이 되었다. 가와이는 제 마누라의 사촌 오키타 사쿠를 야나기에게 추천한 모양이었다. 나도 모르는 사이에 둘이 일을 만들고 말았다. 교토에 사는 사쿠는 오모테센케[18]에서 다도를 배운 단아한 여성이었다. 뒤에 들으니 그녀는 그녀대로 자신의 혼인 문제를 가와이에게 전적으로 맡겨 놓았다고 한다. 그만큼 가와이는 믿음이 가는 사람이었기 때문이었을 것이다. 그런 면에서 우린 궁합이 맞았는지도 모르겠다. 아무리 그렇다 손치더라도 이건 참 우스운 모양새였다. 당사자인 나와 사쿠는 유령인물이나 마찬가지였으니까 말이다.

그렇게 사쿠와 난 교토의 야나기 집에 결혼을 위해 초대(?)되었던 것이다. 사쿠와 난 그날 처음으로 얼굴을 확인했고 그것이 나의 두 번째 결혼이었다. 결혼식에는 예복도 의식도 갖추지 않았다. 부끄러운 일도 아니었지만 널리 알리고 싶은 일도 아니었기 때문이다. 새로운 출발이 아니라 일상 속의

18) 일본의 대표적인 다도 유파 중 하나.

하루라는 생각으로 말이다.

내가 여복이 많은지 야나기가 빰 맞을 운이 아니었는지 사쿠는 마음에 꼭 드는 여인이었다. 딸 소노에와도 잘 어울렸고, 종자 채집이나 양묘 강연으로 자주 집을 비웠지만 그녀는 미쓰에처럼 나를 이해했다. 가정을 되찾았다. 출장을 가더라도 먼 곳에서 나를 위해 기도해 주는 사람이 있다는 것은 행복한 일이었다. 여름엔 덥다고 겨울을 그리워하고 겨울엔 여름을 그리워해서 되겠는가. 여름에는 여름을 즐기고, 겨울이 오면 겨울을 맛보며 산다. 집을 자주 비울 수밖에 없지만 그것은 그것대로 받아들이면 행복이다.

아이를 가진 사쿠가 여름 내내 식욕이 없어 영양을 제대로 보충하지 못한 것만 빼면 행복한 나날이 지났다. 10월 하순 사쿠의 출산이 임박했다. 출산 며칠 전부터 배가 아프다고 해 병원진료를 받았지만 아이나 산모에겐 이상이 없다고 했다. 출산 이틀 전 새벽, 심한 복통을 호소했다. 1시간 정도 괴로워하다가 뇌출혈 같은 증세와 함께 손발이 파래지고 몸을 떨었다. 아침에 병원에 입원하기로 하고 육신환을 먹였더니 조금 진정이 되었다.

다음날 다행히 상태가 괜찮아 보여 그대로 집에 있었다. 일을 갔다 돌아와도 별 이상은 없었다. 그런데 출산 전날 밤

또다시 복통이 찾아와 그녀를 괴롭히기 시작했다. 며칠간 대변을 보지 못했는데 소변만은 이상하리만치 양이 많았다. 옆집에 사는 조선 산파를 불러다 뵈니 산기는 아니라 했다. 그런데 그때부터 배가 엄청나게 불러오기 시작했다. 산파에게 관장을 시켰지만 사쿠의 고통을 어찌하지는 못했다.

밤 아홉시 적십자병원에 전화를 걸어 왕진을 부탁했더니 내일 아침에 입원하라는 것이다. 헌데 다시 산파가 보더니 자궁이 열렸다고 했다. 급히 자동차를 불러 산부인과 의사로 유명한 사람을 찾았다.

다행히 고미술품을 굉장히 좋아하여 형이나 나도 안면이 있는 중앙부인병원장과 연락이 닿았다. 그는 직접 산파를 대동하고 나타났다.

– 이것 큰일입니다. 벌써 양수가 거의 빠져 버렸습니다.

의사는 당황한 기색이 역력했다. 지금까지 소변이라고 생각했던 것이 양수였던 모양이었다.

– 어떻게 되죠?

그의 얼굴을 통해 상황을 짐작하려 노력했다. 의사는 산파와 함께 수술 도구로 강제 분만을 시작했다. 그 광경은 차마 표현할 수가 없다. 도저히 옆에서 지켜볼 수가 없었지만 신음 하나 내지 않고 견디는 사쿠를 보며 기도했다.

… 하나님 제발, 행복을 가져가지 마세요. 저들의 손에 힘을 주세요.

그렇게 산고는 끝났다. 하지만 거기에 비할 수 없는 고통이 사쿠와 나를 기다리고 있었다. 아이는 몸이 큰 편이었다. 머리카락도 새카맣게 나 있는 예쁜 계집아이였다. 하지만 이게 무슨 말인가. 아이가 맥은 있지만 호흡을 하지 않는다고 했다. 갑자기 아이의 울음소리가 환청처럼 들려왔다. 그것도 잠시, 아이를 보았다. 아이는 곧 맥박마저 멈추고 조그만 몸뚱이가 울음소리 한 번 내지도 못하고, 제 애비 에미 손 한 번 느껴 보지도 못하고 차디차게 식어갔다. 짧은 만남은 끝났다.

몇 년 전, 미쓰에의 싸늘한 손이 떠올랐다. 하나님은 내게 왜 이렇게 많은 시련을 주시는지 모르겠다. 난 사쿠라는 여인에게 또 다시 몹쓸 짓을 한 게 아닌가 하는 자책이 몰려왔다. 얼굴도 보지 않고 시집을 온 그녀, 사쿠는 잠이 들었다가 다시 복통을 호소하는 일이 계속되었다. 그녀는 아이의 죽음을 육체적 고통으로 함께 하고 있었다.

오후에 목사님 부부와 아는 분들이 찾아와 위로해 주시고 기도하며 아이를 납관 했다. 하지만 그날은 '도모비키'라 하여 장례를 기피하는 날이란다. 그날 장례를 치르면 다른 친구를 데려간다는 것이다. 결국 다음날 친하게 지내는 조선사람들과 형님이 장례를 치렀다. 사쿠에게 알리지 않았고 사쿠도 묻지 않았다. 아내의 간병을 핑계로 공동묘지에 가지도 않았다. 나 없는 사이에 사쿠가 괴로워할까 두려웠기 때문이다.

형은 함경도에서 직접 구워 온 회령사발에 날짜를 적어 묘비로 삼았다고 이야기했다. 거기에 이렇게 써 놓았다고 전해 주었다.

—— 천사 인형의 집

이름을 짓지도 못했으니 참 좋은 묘표라고 생각했다. 가족에게는 무뚝뚝하지만 나에게는 모든 것을 배려하는 형이다. 사쿠는 그 후에도 며칠을 힘겹게 보냈다. 사쿠가 겨우 회복하고 나서 우리는 거의 매일 천사 인형의 집을 찾아가 슬픔을 달래곤 했다.

이번 일이 사쿠와 나의 결혼을 완성시켜 준 것이라 믿으며 아이를 보냈다. 조선반도에 사쿠와 나의 아이 무덤을 만든 것은 앞으로 든든한 버팀목이 될 것이다. 아이의 무덤 앞에서 다짐했다. 천사 인형아, 너의 고향이 어디냐, 여기가 아니냐. 나는 여기서 너와 함께 뿌리를 내릴 것이다.

다쿠미, 영혼으로 만남 - 여섯

- 선생님, 이 땅에는 자식이 죽으면 가슴에 묻는다는 말이 있습니다. 영원한 슬픔으로 함께 한다는 뜻입니다. 천사인형 이야기는 생각할수록 가슴 아픕니다. 의술이 지금 같았더라도 따님이 아직 살아있을 수도 있을 텐데 말입니다.

- 허허 그럴 수도 있겠지요. 하지만 인간의 삶이 어찌 그럴 수가 있겠소. 시대마다 사는 방편이 다르고 아픔의 내력이 다른 것을요.

오늘 밤, 하늘에 별이 무수하다. 암담했던 시절 이야기와 사뭇 부조화로 맑다.

- 선생님, 이웃사촌이란 말처럼 이웃하는 나라끼리는 관계가 더욱 돈독해야 할 것 같은데 세계의 역사를 보면 오히려 악연이 많았던 것 같습니다. 한때 가깝다하였더라도 힘 논리에 지배를 받는 일방적인 동거가 대부분이었습니다.

- 그렇습니다. 안타까운 일이지요. 조선과 일본도 수백 년 동안 굵직한 비극들로 채색되어 있지요. 특히 조선반도의 도자기 문화는 일본에 지대한 영향을 미쳤는데도 일본은 오히려 상처로 돌려주었지요.

고려청자는 누구나 인정하는 세계 최고의 명품이다. 청자는 재료를 구하기 쉽고 물류의 흐름이 좋은 서해안을 중심으로 생산되었다. 하지만 왜구들의 노략질은 그 토대를 무너뜨렸다. 중심지였던 강진, 부안 등 명품을 생산하던 사람들은 더 이상 버티지 못하고 내륙으로 뿔뿔이 흩어졌고 청자의 생명은 끝이 났다. 다른 원인도 있겠지만 어쨌든 역할은 했다.

조선왕조가 탄생하고도 그런 아픔이 반복된 것이 임진왜란이다. 전쟁 중이었지만 조선의 사기장들이 일본으로 대거 끌려가야만 했다.

- 선생님, 누군가 역사는 반복된다고 했습니다. 상처가 아물려면 그게 이치에 들어맞지 않는 허접한 소리이길 바라야 되겠군요.

- 그렇습니다. 누군가는 이렇게 덧붙였죠. '역사는 반복되지만 한 번은 비극으로 한 번은 희극으로'라고 말이죠. 조금은 희망적이군요. 희극의 역사를 기다릴 수 있으니까요.

그렇다고 다쿠미의 얼굴이 밝지는 않았다. 고분이나 무덤을 파헤쳐 도굴하고 문화재를 무차별 반출해 가던 당시를 기억하면 지금까지 비극으로 반복된 역사에 불과함을 느꼈을까. 다시금 오사카시립동양도자미술관이 떠올랐다. 그곳에 즐비했던 명품 청화백자의 고향이 광주 분원이었기 때문이었다.

다쿠미는 강진, 계룡산, 서울 인근의 가마터를 틈만 나면 찾았다. 갈 때마다 배낭은 도자기 파편으로 가득했고 관심은 깊어갔다. 야나기도 조선에 올 때마다 거의 함께 가마터를 섭렵했다. 이런 조선공예와의 만남은 야나기로 하여금 민예론을 주창하는 계기를 만들어 주었다고 할 정도였다.

다쿠미는 조선공예, 특히 도자기 부흥에 목소리를 높였고 구체적인 방안을 제시하기까지 했다. 각 지방의 특색을 분석하고, 그 환경에 따라 제작을 달리해야 한다. 즉, 전국에 걸친 획일적인 생산보다는 지방가마 특색을 발휘하도록 노력해야 한다. 또한 어떤 물건의 본질적인 아름다움에 대한 이해를 위한 노력도 게을리 해서는 안 되며, 물질적 가치로 판단해서는 안 된다. 왜사기가 판을 치는 한 그것은 불가능하다 등이 그것이었다.

하지만 누구도 답하지 않았다. 위대한 조선의 도자기는 소장 가치로 막을 내렸다. 공염불에 그친 다쿠미의 목소리는 어느 한 이방인의 안타까움으로 남아버렸다.

- 어쨌거나 선생님의 발자취로 보아 조선의 공예에 대해서는 만감이 교차할 듯 합니다. 특히 광주 분원도 비극의 하나일 듯합니다만.

- 물론이오. 기억에 생생한 현장이었소. 그것에 앞서 하고 싶은 이야기가 있소. 그것은 일본 땅에서 시작되었지요...

– 재앙은 또 다른 비극을 부르고

1923년 9월 1일 정오가 되기 바로 직전, 도쿄는 갑자기 일어난 엄청난 재앙에 휩싸였다. 도쿄뿐만이 아니라 간토지방 전체에 유래를 찾기 힘든 강진이 일어난 것이다. 리히터 7.9 규모의 격렬한 지진이었다. 이름하여 '간토대지진'이다

여러 소식들이 연이어 조선으로 건너왔다. 불안을 가중시킨 것은 다음날 곧바로 계엄령을 선포했다는 것이다. 도대체 어떤 상황이기에 그렇게 빨리 비상계엄령까지 선포했다는 것인지 받아들이기가 힘들었다.

우리 가족도 도쿄로 간 누나의 생사가 확인이 되지 않아 발만 구르고 있었다. 얼마 후, 처남 마사토시로부터 편지가 왔다. 거기엔 놀라운 이야기가 담겨 있었다.

–– 다쿠미, 간토지방에 상상하기 어려운 대지진이 발생했

다는 알고 있겠지. 도쿄 전체가 불바다가 되어 잿더미로 변했다고 한다. 그런데 이상한 이야기가 떠돌고 있다. 즉, 지진으로 인한 직접 피해는 열에 하나 정도이고 나머지 피해는 불만에 찬 조선인들이 지진의 기회를 타서 조직적으로 방화를 했기 때문이라는 소문이 돌기 시작했다. 그러자 도쿄에서는 격분한 일본인들이 자경단을 조직하고 대나무 죽창이나 몽둥이를 들고 나와 조선인이라면 닥치는 대로 죽이고 있다고 한다. 그 수가 얼마나 되는 지 알 수 없을 정도라고 한다. 아무튼 그 쪽의 분위기는 매우 흉흉하다고 한다.

… 세상에 그런 일이 벌어지다니. 어찌 그런 일이…

믿을 수 없는 이야기를 전하고 있었다. 내 눈으로 보지 않았으니 할 말이 없었다. 하지만 그걸 소문대로 받아들일 수 없는 느낌은 무엇일까. 그런 이야기는 벌써 조선에도 퍼지기 시작했다. 경무국장과 가깝다는 어느 정보위원이 비밀이라는 단서를 붙이며 들려 준 이야기도 비슷했다.

-- 조선인들이 석유를 들고 다니며 무차별 방화를 했다. 불을 피해 가는 아녀자를 욕보이기도 했다. 그래서 도쿄 근교의 청년들은 조선인이라면 무조건 범인 취급을 하여 보는

대로 죽여 버린다. 어떤 일본인은 조선인을 가려내던 일본말 발음이 좋지않아 조선사람으로 오해 받아 죽임을 당하기도 했다. 자경단들은 불량한 조선인들이 역습을 준비하고 있다는 소문을 퍼뜨려 경계를 하고 있다. 이 정도로 벌어진 일이라면 사실이 아니라고 말하기 힘들 것이다...

소문이란 놈은 어디 한 곳에 머무르기를 몹시 싫어한다. 이곳저곳으로 마구 자신을 떠벌리고 다닌다. 빠르기도 하려니와 무차별적으로 펴져 나간다. 이성적이지 못한데다 원래의 모습을 점점 변형시킨다. 소문은 결국 자기의 모습을 잃고 표류하며 끊임없이 왜곡된다. 그래서 사람들은 소문에 귀는 기울이지만 자신이 주인공이 되고 싶어 하진 않는다.

조선에서는 예로부터 아이가 울음을 그치도록 겁을 줄 때 '울면 호랑이가 물어간다'고 엄포를 놓았다. 아이가 호랑이를 보았을 리도 없겠지만 가장 무서운 존재로 부모가 각인시킨 것이다. 호랑이가 우는 아이를 물어간다는 소문을 키워 아이들의 울음을 그치게 한 것이다. 이제는 '일본 순사가 온다'고 하는 소문으로 바뀌고 있단다. 호랑이보다 순사가 더 무서운 것으로 받아들이는 모양이었다.

도쿄로부터 출발한 소문은 등골을 오싹하게 한다. 곧 소문이 아니라 기정사실로 돌아다닐 것이다. 아무것도 모르는 사람들은 그걸 진실로 받아들일 것이다. 일본에서는 조선사람 모두가 불량한 방화범이나 강간범이 될 것이다.

어제 정보위원이 했던 이야기는 금세 현실로 드러났다. 다음날 임업시험장에 출근했을 때 장장이 한 말도 다른 게 없었다.

– 이번에 일어난 도쿄의 재해에 방화를 했던 조선인의 행동에는 동정의 여지가 절대로 없다. 아니 동정심을 보여주어서도 안 된다. 조선인들의 반성을 촉구하기 위해서라도 엄중하게 질책해야만 한다. 이것은 경무국장님이 여러 간부들을 모아놓고 한 이야기다.

이미 진실이 되어 있었다. 무서운 일이 벌어지고 있는 게 확실했다. 숨을 깊이 들이마셨다. 정말 조선인이 그랬을까? 어떤 사람의 불행을 틈타 방화와 살인, 강도짓을 한다는 건 상상할 수 없는 악행이다. 소문처럼 정말 그랬다면 그 조선인은 악행을 저지른 것이다. 물론 그렇게 한 조선인이 있다 하더라도 소수의 몇 때문에 조선사람 전체가 그렇게 몰리는 것은 부당하다. 있었다 하더라도 어리석은 조선인을 꼬드기거나 선동했을 누군가가 있는 게 분명한 것 같다.

그러나 나는 이 소문에서 – 소문이라 할 것이다 – 심한 왜곡의 냄새를 느꼈다. 내가 무슨 형사나 조사관은 아니다. 적어도 여기서 본 조선사람들, 두 나라와의 관계, 그리고 무모하게 느껴지는 어떤 것, 소문의 신빙성을 짚어보아야 한다고 생각했다.

일본인의 조선에 대한 선입관을 지나쳐서도 안 된다. 지금까지 내가 보아 온 일본인들은 거의 대부분 조선사람을 게으르고 불순한 사람으로 판단하고 있다. 어머니에게서도 조선사람을 얕보는 듯한 느낌을 받을 때가 종종 있었다. 내가 조선옷을 입고 조선사람과 어울리는 것을 싫어하는 것이 아니라 이해하면서도 그렇다는 것이다.

일본인들은 조선인에 대한 이해를 미리부터 꺼린다. 마치 '흰 옷을 입고 있는 인형' 취급을 하며 다가가려 하지 않는다. 황금정이나 명치정 등 일본인들이 몰려 사는 동네에는 함부로 조선옷을 입고 다닐 수도 없을 정도다. 경성만이 아니라 지방 큰 도시에도 마찬가지다. 마치 본능적으로 그렇게 대하는 듯하다.

내가 좋아하는 김군은 일본말을 잘 하는 편이며 예의가 바르다. 그에게 조선어 배우기를 좋아했는데 김군이 나에게 이런 말을 한 적이 있다. 어느 날 미술관 짐 정리를 도와주고 나서 손을 씻기 위해 수돗가로 갔다고 한다. 거기에 미술관

수위 마누라가 있어서 세수대야를 빌려달라고 요청을 했다. 그런데 그녀는 가져가란 말도, 안 된다는 말도 하지 않고 실눈을 뜨고 쳐다만 보았다고 한다.

김군이 느꼈을 기분을 충분히 이해했다. 또한 그녀가 화를 내는 것도 이해가 되었다. 조선사람을 아예 사람 취급도 하지 않는다는 면에서 보면 말이다.

조선사람은 이번 사건을 통해서 몹쓸 인간이 되어 버렸다. 상종할 수 없는 위험하고 나쁜 무리로 소문이 나고 있었다. 그것은 점령국의 입장이라도 정당화될 수 없다. 일본인의 나쁜 기질이다. 꾸며낸 일이라면 저주 받을 쪽은 일본인이다. 할 수만 있다면 당장이라도 도쿄로 가서 그들을 변호하고 싶다. 이번 도쿄의 대참사가 9할이 조선인 때문이란 건 분명 헛소문이다. 이것은 일본의 역사에도 조선의 역사에서도 기록되어서는 안 될 무서운 왜곡이다. 아닌 것을 그렇다고 소문을 퍼뜨려 일을 수습하려고 했다면 앞으로 일본 민족은 세상에 얼굴을 들 수가 없을 것이다.

뒤에 들리는 이야기에 의하면 계엄령에는 많은 문제가 제기 되었다고 한다. 거기엔 정치적인 의도가 개입되어 있지 않았냐는 것이었다. 막 정권교체가 이루어지던 시기인데다가 민중들에 대한 불신감이 불안감을 조성하게 했다는 것이다. 쌀

값 때문에 일어났던 두 세 번의 민중폭동을 기억하던 권력자들이 정치적인 술수로 이용했다는 것이었다. 즉, 굶주린 민중들이 쌀을 내놓으라고 다시 폭동을 일으킬까 두려웠고 그 관심을 다른 곳으로 돌리려고 했다는 것이다. 또한 이런 기회를 이용해 조선사람을 궁지로 몰아넣어 확실하게 제압하겠다는 계산이 깔려 있었다는 것이었다.

그럴 듯 했다. 이런 소문이 처남 마사토시 편지에 전해 온 이야기보다 훨씬 자연스럽게 느껴지는 이유는 무엇일까. 지금 총독부는 기미년의 저항을 빌미로 보다 교묘하게 옭아매고 있었다. 그러니 이 소문이 진실이 아니란 법이 어디 있나.

역사는 언젠가는 진실의 편이겠지만 그걸 기다릴 수는 없다. 답답함이 꼬리를 물고 무거운 시간이 흘러갔다. 조선인을 향해 있었다는 계엄의 총구를 생각하니 소름이 돋았다. 어린이들마저 죽창을 들고 청년들 흉내를 내며 몰려다닌다니…

아! 지금 일본 시골에서는 '조센징이 온다'고 하면 아이가 울던 울음을 그친다고 한다. 무서운 일이다. '일본 순사가 온다'는 것하고는 맥락이 다르다. 내가 조선에서 보아 온 바로는 일본순사는 공포의 대상이 맞다. 칼과 총을 차고 다니는 모습에다 그들의 행동에는 거칠 것이 없기 때문이다.

하지만 일본에 있을 때 '조센징이 온다'는 말을 들어본 적이 없다. 그것은 요즘 생겨난 말이라는 뜻이다. 질이 매우 나쁘다. 선량한 조선인을 몰아세워 선량한 일본인마저 증오를 불러일으키는 것은 도저히 용납할 수 없는 일이다.

일본 열도에서 지진은 일상이다. 대비는 하되 막을 수는 없고 피할 수도 없다. 그러고 보면 그건 자연의 이치일 뿐이다. 재앙이라면 인간이 만들어내는 일들이 더 큰 재앙일 것이다. 조선의 궁궐 경복궁도 재앙이 한창이고, 묻혀버린 마지막 분원도 그렇다.

– 조선 분원의 최후

– 이 정도 작품이면 분원의 화공이 그린 것이 아니라 궁중의 도화서에서 파견된 화원이 그린 게 분명해. 이렇게 훌륭한 구도나 필치를 보면 말이죠.

노리다카 형이 말했다. 야나기가 고개를 끄덕이며 눈에 빛을 발했다.

– 분원이라는 곳에서는 이런 걸작을 도대체 얼마나 만들었다는 겁니까?

– 구체적으로야 알 수 없죠. 분원이 소속된 사옹원은 왕실직속 기관이라 국가적 차원에서 지원했으니 그럴 수 있었습니다. 분원의 발전은 결국 조선을 백자의 나라로 만들었지요. 그 중에서도 광주가 조선 백자 생산의 중심이었다는 건 분명합니다.

그들 앞에 놓인 것은 청화백자산수문항아리[19]였다. 노리다

19) 국립중앙박물관 소장. 분원 가마에서 만들어진 작품.

청화백자 산수문 항아리

카 형이 소장한 명품 청화백자진사연꽃무늬 항아리와 같은 모양이다. 둥근 어깨 부위에서 점점 좁아지면서 내려빠진 항아리였는데 모양도 시원하지만 문양이 특출했다. 둥근 형태의 꽃잎에 몇 군데 뾰족하게 솟은 능화형을 양쪽에 대칭으로 두고 그 안에 중국 소상팔경瀟湘八景 중의 하나인 동정추월洞庭秋月과 산시청람山市晴嵐의 정경을 그렸다. 순백을 배경으로 시원하고 정교한 필치가 단연 돋보였다. 동정호에서 바라보는 가을 달과 산시의 평화로운 정경을 원만하게 돌아간 항아리의 어깨에 이상세계로 구현해 놓았다. 두 세계 사이에는 매화와 대나무 그림을 끼워 넣었지만 중국이나 일본의 청화백자가 보여주는 답답함이란 조금도 느낄 수 없었다.

– 아사카와 선생, 분원 가마터에 가 보고 싶습니다. 분원만이 아니라 계룡산 가마터도 그렇고...

야나기가 형에게 말했다.

– 그래요? 하지만 옛 모습이 제대로 보존된 곳이 없어서...

– 형, 광주 분원리는 그래도 볼만하지 않을까요?

너덧 달 전에 다녀온 분원을 떠올렸다.

– 음, 나도 그걸 생각하고 있긴 한데 그대로 있을지 모르겠군요. 멀지 않은 곳이니 말이 나온 김에 오늘 당장 가봅시다.

야나기와 형, 그리고 아카바네 오로 이렇게 넷이서 길을 나섰다. 광주로 들어가기 전에 버스에서 내려 왼쪽으로 꺾어지는 꼬불꼬불한 길을 2시간 쯤 걸었다. 남종면 분원리, 가마로 올라가는 오르막 옆으로는 넓은 호수가 펼쳐진다. 남한강과 북한강이 만나는 두물머리다. 양쪽의 물이 합수하여 마치 호수처럼 넓은 강을 형성하고 있다. 시선을 경성으로 이어지는 물길로 옮기면 왼쪽으로 검단산을, 오른쪽으로는 예봉산을 끼고 고요한 한강이 흐르고 있다. 조선 역사에서 물류수송의 중심지였던 송파나루로 이어지는 물길이다. 잠시 강을 내려다보며 숨을 골랐다.

– 참 아름다운 곳이군요.

야나기가 형을 보고 나지막이 말했다.

– 그렇습니다. 이곳 광주는 가마로서의 조건을 잘 갖추고 있죠. 꼭 갖추어야 할 것이 교통인데 물길을 아주 잘 갖춘 곳이죠. 원래 가마는 소나무를 찾아 이동했지만 이곳은 연료를 공급받는 체제가 확립되어 정착한 것입니다. 연료인 소나무와 재료인 백토나 점토를 나르기 좋았고, 물론 왕실에 가깝다는 것도 좋은 조건이구요.

– 그렇군요.

– 조선 초기에는 관요인 분원은 이 광주 지역 안에서 나무

를 찾아 이동을 많이 했습니다. 여기는 조선의 공식적인 마지막 분원인데 이 지역 발굴 조사가 다 이루어지면 수십 군데의 가마터가 발견되지 않을까 예상하고 있소.

– 아, 놀라운 일이군요. 관요라면 종사하는 사람들도 꽤 많았겠군요.

– 그렇습니다. 쉽게 상상하기 어려운 규모였죠. 분원 가마에서는 세습제 사기장과 지방에서 부역 온 사기장들이 함께 작업을 했는데, 대략 600여 명이 종사했다고 합니다. 감독관인 감관 아래 행정을 담당하는 원역이나 사령, 운반 노역, 도로 수리, 출납 등을 제외하고 직접 도자기 생산에 참여하는 인원만 수백여 명이었고 운영방식은 철저한 분업체계였죠. 고급스런 생활용품인 자기를 담당하는 사기장, 옹기를 맡은 옹기장, 때로는 기와를 굽는 와장으로 나누어지지만 하부 조직은 더욱 나누어져 있었다고 합니다.

자기를 생산하는 부서의 주요한 일은, 흙을 준비하여 정제하는 수비대정, 기물을 성형하는 조기대정, 잿물 등 유약을 담당하는 잿물대정, 그림을 그리는 화청장, 불을 담당하는 화장 등이 그것이었는데, 가마를 수리하거나 조수 역할을 하는 사람을 빼도 약 80여 명의 전문가가 관여하고 있었던 셈이죠.

– 그런데 이곳은 지금 폐쇄되었다고 했지요? 그들은 모두

어디로 갔죠?

– 글쎄요, 그게 언제인데...

일본이 조선으로 힘을 뻗치면서 분원은 마치 수족이 잘려 버린 조선처럼 제 역할을 감당할 능력이 없었다. 뿔뿔이 흩어졌다. 아무도 그것이 이 역사에서 이뤄 온 업적과 역할에 시선을 두려워하지 않았다.

조선에서는 건국 초부터 '사옹원에 전속된 사기장의 자손들은 그 일을 대내림 하는 것 외에는 허가하지 않는다'고 못 박았기에 수백 년 동안 아비의 업을 자식이 이어왔다. 사기장들은 그렇게 이어온 업을 자기 대에서 끊어야 하는 씻을 수 없는 죄를 짓게 된 셈이다. 그보다는 생계가 끊어지는 일이기에 더욱 절망했다. 그러나 어떻게 해야 하는가, 왜 떠나야 하는가를 물을 곳은 없었다. 나라는 백성의 안위를 돌볼 처지가 아니었다.

– 지금은 볼품없이 버려져 있지요. 자, 올라가 봅시다.

가마는 경사진 언덕배기에 있다. 우리는 제법 넓게 닦아 놓은 길을 따라 올랐다. 길은 예전보다 훨씬 정비된 느낌이었지만 예감이 좋지 않았다. 아니나 다를까 우릴 기다리고 있는 건 놀라운 광경이었다. 예전에 왔을 때까지 있었던 허물어진 작업실 등은 흔적도 없이 사라져 버렸다. 형과 나는 동시에 소리쳤다.

– 아니 세상에 이럴 수가!

대신 거기엔 수십 명의 인부들이 삽과 괭이를 들고 땅고르기 작업에 열중이었다. 저번에 왔을 때는 무너져 내렸지만 가마터 형태를 알아볼 수 있었지만, 지금은 여기가 무엇을 하던 곳인지 짐작조차 할 수 없었다.

나는 치밀어 오르는 분노를 누르며 작업을 지휘하는 듯한 사람에게 달려갔다.

– 지금 하고 있는 일이 무엇이죠?

책임자로 보이는 사람이 마뜩찮은 눈으로 쳐다보았다.

– 당신들은 누구요?

– 우린 도자기 가마터를 답사하러 왔소만 이게 대체 어찌 된 일입니까?

그러자 그도 왜 그러는지 대강 눈치를 챈 듯 표정이 누그러졌다. 먼 산을 바라보며 시큰둥하게 대답했다.

– 낸들 그걸 어찌 알겠소. 여기는 소학교를 지을 부지로 알고 있소. 내년이면 개교할 것 같소만.

– 당신이 이곳 책임자인가요?

– 그렇긴 하지만 난 건설업자일 뿐이오. 조사나 발굴은 이미 다 끝난 것으로 알고 있소.

할 말을 잃었다. 조선의 마지막 관요인 분원이 흔적마저 사라지고 있었다. 평평해진 땅 위에는 셀 수 없이 많은 사금파리들이 하얗게 나뒹굴고 있었다. 무더기로 모아 놓은 것도 엄청난 양이었다. 더 이상 머무르고 싶은 생각이 사라졌지만 수북이 쌓인 백자 사금파리들을 뒤져 쓸만한 것들을 배낭에 넣었다. 이들마저 어디로 사라질지 모르는 일이다. 이들은 광주 분원의 역사가 될 것이다. 이곳에 보이는 백자사금파리는 순백자도 있지만 청화백자도 보였는데 청화 그림이 매우 선명했다.

오른쪽 길로 언덕배기를 따라 조금 더 올라가니 수십 개의 비석들이 줄지어 서 있다. 그것은 아직 훼손되지 않았다. 분원의 책임자였던 도제조나 제조의 업적을 기리기 위해 세운 비석들이었다. 그것만이 분원이었다는 걸 증언해 주고 있었다.

막 가을로 접어든 산들은 채색화처럼 물들고 있었다. 멀리 강이 반짝이며 오후의 한때를 아름답게 빛내고 있었다. 수백 명의 종사자들이 분주히 움직이며 쉴 새 없이 연기가 오르고 강 나루터에서 도자기를 실어내던 그때도 저리 아름다웠을 텐데... 부끄러움에 얼굴이 화끈거렸다.

– 야나기 형, 이걸 어떻게 받아들여야 합니까?

– 이건 너무 심한 것 같군. 이해할 수 없어요. 누군가 의도

적으로 기획하지 않은 한 있을 수 없는 일입니다.

야나기의 얼굴도 꽤나 굳어져 있었다.

– 꼭 이 가마터를 다져서 학교를 지어야 할 것인지 참...

형도 혀를 차고 있었다. 형이나 나의 머릿속에는 그 모습이 기억으로나마 남아있지만, 야나기로서는 그야말로 헛걸음이었다.

뛰어난 도자기, 세계 최고의 백자를 빚어내던 이곳을 서둘러 묻어버리고 소학교를 지을 명분은 무엇이었을까. 우리가 이 분원의 마지막 목격자로 남을 것 같아 몹시 우울했다. 세상에는 다시 만들 것, 이어갈 것과 그렇지 않은 것이 있다. 오늘 이어가야 할 기억 혹은 역사 한 페이지가 찢겨져 나갔다. 난 그 현장을 목격했다. 또 하나의 부끄러움을 기록하는 오늘이 될 것이다. 그 옛날 나무와 흙을 싣고 나르던 배가 오가던 강물도 언덕 아래서 소리 없이 울고 있는 듯했다.

저들은 알까? 이곳이 얼마나 소중한 곳인지, 일본인은 얼마나 큰 죄를 지었으며, 또 조선인들은 얼마나 부끄러워해야 할 일인지 알까? 먹고 살기 바쁜 백성들에게 그것이 오래된 미래가 될 줄을 왜 모르느냐고 다그칠 수도 없다.

조선 분원이 남긴 뜻을 깡그리 파묻어버렸다. 무덤을 파헤치는 사람들이 떠올랐다. 경찰서에서 나를 후려치던 놈, 옆구리가 욱신거렸다. 강진의 변수 어른은 청자의 운명이 은폐와 유폐라고 했던가. 청자만이 아니었다. 지금 이곳 분원도 그 길에 들어서고 말았다.

나는 분노인지 안타까움인지 동정인지 모르는 작정을 했다. 누군가 언젠가는 되짚어 올 이 길에 이정표를 세워 두어야겠다고 마음먹었다. 갑자기 집 뒤꼍에 모아 둔 백자와 청자 사금파리가 눈에 밟혔다.

– 선술집의 대화

— 옛 것은 가고 시대는 변하였다. 새 생명은 폐허에서 나온다.

독일 시인 쉴러의 시구에서 이름을 따 왔다는 조선의 문학 동인 '폐허'. 그들과 만남은 조선에서 문학에 관심을 갖게 한 인연이었다. 특히, 남궁벽[20]이나 염상섭, 오상순[21], 김만수 등과 자주 어울렸는데, 이들은 당시 현실에 절망한 반항적 지성인들이었다. 이름이 폐허이지 그 의미는 역설적이게도 새로운 시대에 대한 열망이 담겨 있다.

우린 적선동에서 자주 만났는데 광주 분원을 다녀온 다음 날도 김만수의 집에서 일차 모임을 가졌다. 그 후, 염상섭, 오상순과 함께 고미술상을 순회하고 온 형과 야나기를 만났

---

20) 1920년대 폐허 동인 시인. 야나기 무네요시와 교류가 있었다.
21) 1920년대 폐허 동인 시인.

다. 작년에 유명을 달리 했지만 남궁벽도 야나기를 형처럼 따랐고, 우린 이런저런 인연으로 가끔 이런 자리를 갖고 있었다. 빈대떡이 별나게 맛있는 선술집이었다.

– 지금 조선은 일본인의 시각만 필요할 뿐, 다른 것은 무의미한 곳입니다. 문화와 예술뿐만이 아니라 사람마저 마찬가지지 않나요?

술이 몇 순배 돌았을까, 공초라는 호가 꽁초가 될 만큼 지독한 골초인 시인 오상순이 줄담배를 빨며 한 말이었다. 공기가 약간 팽팽해지는 기분은 나쁜만은 아닐 것이었다. 그런 이야기는 조심스러운 현실이긴 했지만 그들은 야나기나 형에게는 이렇듯 쉽게 마음을 털어놓곤 했다.

– 공초 형, 무슨 말이오? 시각이란 건 입장의 문제지 그걸 탓한다고 달라질 것도 없을 것이고...

염상섭이 제지하듯 부드럽게 말했다. 오상순도 흥분한 목소리는 아니었고 덤덤하게 말을 이었다.

– 그런 뜻이 아닐세 횡보. 얼마 전에 조선은 슬픔과 고민, 쓸쓸함으로 인한 비애의 미를 가진 나라라는 야나기 선생의 글을 읽었습니다. 거기에 대한 말들이 많아서 그냥 한 번...

오상순은 올해 초, 야나기가 '신조'에 게재한 '조선의 미술'을 말하고 있었다.

– 아, 그렇소? 물론 조선에는 도자기를 비롯한 뛰어난 예술을 가지고 있지요. 하지만 거기에는 화려함이나 현란한 아름다움은 보이지 않았어요. 또한 조선의 예술은 선의 예술로 볼 수 있는데 가냘프고 유려한 곡선이죠. 난 그걸 오랜 역사의 결과물이라 생각했던 겁니다.

야나기는 담담하게 대꾸를 했다.

– 하지만 너무 단편적인 부분으로 결론을 내린 것은 아닌가 해서...

오상순이 말을 흐리며 생각을 정리할 때 내가 끼어들었다.

– 그것은 그들의 역사를 제대로 보지 않고, 지금의 눈으로 본 결과가 아닌가 싶군요.

야나기는 잠시 생각에 잠기더니 천천히 이야기를 시작했다.

– 좀 그렇긴 한데... 조선민족은 스스로를 존중하지 않았던 것 같소. 조선에서 만들어진 이도다완[22]을 보시오. 천하의 명품이라 하지만 하층민들이 무심하게 만들어낸 것 아니오? 거기에는 어떤 의도도 없으며 예술적인 가치관도 들어있지 않은, 그들 말대로 그저 막사발일 뿐이죠. 그걸 만드는 사람들은 생활에 찌들어 있었고, 아이들이나 어른들 모두

---

22) 일본의 다도에서 가장 높이 평가하는 조선시대의 찻사발 종류 중 하나. 조선에서 건너간 사발이다. 신한균 사기장은 그 중 대이도는 제사 때 사용하는 멧사발이었다는 주장을 일본 차문화 학회지를 통해 일본에 제기했다.

즐거움도 없이 하루하루를 살아가는 슬픈 사람들이었지요.

야나기의 말은 거침이 없었다. 술기운은 아닌 듯했다.

– 그래서 비애의 미라고 하신 건가요? 그러면 일본은 왜 조선사람이 만든 이도다완을 최고의 찻사발로 숭배하는 겁니까? 아니면 일본의 다도[23]가 그런 겁니까?

오상순이 따지듯이 물었다.

– 일본 다도에는 곳곳에 아름다움이 숨어 있소. 차실을 둘러싼 배경, 차실 안에서 일어나는 이야기와 진지한 행위, 다도구... 하나하나 제격에 어울리지 않는 것이 없소. 그건 다도의 마음이 찾아낸 세계지요. 조선에서 건너 온 이도다완도 사실 일본 다도에서 제 자리를 찾은 거죠. 그것을 어디에서 누가 만들었다는 사실은 중요하지 않소. 그 가치를 아는 사람이 만든 거나 마찬가지지요. 그래서 내가 이도다완의 고향을 일본이라 한 겁니다.

– 다소 횡포가 섞인 말이군요. 그것을 누가 모르겠습니까? 그것은 사용하는 사람의 고유한 창의성이라는 거겠죠. 하지만 제가 여기서 말하려는 것은 우선 그것 본래의 이름이나 쓰임을 중시해야 한다는 것입니다.

---

23) 차노유라고 하는데, 일본 전국시대 때 완성된 전통문화인데, 차 마시는 행위를 하나의 예술적인 경지로까지 승화시킨 일본을 대표하는 문화의 하나다.

감정이 부딪치는 대화가 아니었지만 술기운 탓이었을까, 나는 감정이 조금 격앙되는 느낌이었다. 야나기는 나의 말이 이어지기를 기다리는 듯했다.

– 모든 민예품은 태어날 때부터 자신의 이름과 역할이 지워집니다. 조선인들이 어떤 마음으로 만들고, 어떤 이름을 붙이고, 어떤 역할을 기대하고 만들었는지는 알지 못하겠으나 분명 있을 겁니다. 다도의 눈으로만 본다면 다도가 절대 예술이라는 이야기가 됩니다. 하지만 본래 어떤 자리에 있었는지, 그 어울림이 어땠는지 왜 궁금해 하지 않을까요? 왜 그들의 시각으로 보려 하지 않지요? 그릇도 생명이 있음을 잘 아실 텐데 이도다완이 다도에서 새로운 의미를 얻었다는 것도 다도의 눈으로 본 것 아닙니까?

만일 이도다완이 모두 깨어져 사라졌다고 하더라도 그것은 그것이 가진 운명이겠죠. 원하지도 않는 누군가에게 팔려가 호사를 누리는 것은 비참한 삶이 아닐까요? 야나기 형의 말씀은 그들에게 수모를 과분한 영광으로 받아들이라는 의미가 들어있는 듯해서 하는 말입니다.

내가 말을 쏟아내자 형이 근심어린 얼굴로 눈짓을 했다. 염상섭과 오상순은 매우 흥미롭게 우리 이야기를 듣고 있었다. 다시 야나기가 입을 열었다.

– 그걸 이해 못하는 바는 아니지만 문화는 분명 성하고 또 쇠하는 거죠. 그런데 조선의 문화는 성함이 그리 대단하지 못했소. 조선 사람은 스스로 거기까지였소. 그런 상황에서는, 그들의 문화가 다른 문화 속에서 보다 가치 있는 의미를 부여받는 건 오히려 바라는 바가 아닐까 싶은데?

– 좀 벗어나는 질문인지도 모르겠습니다만, 그러면 지금 일본의 다도는 대단한 성함에 있는 건가요?

내가 생각해도 다소 억지로 느껴지는 질문을 했다.

– 우리는 우리 나름대로 잘 지켜내고 있다고 생각하오. 지금 조선과 비교해 보아도 알 것 아니오?

– 어제 광주 분원에서 보았을 것입니다. 조선의 문화를 대하는 일본인의 모습이 어떠했습니까? 우리 것을 지켜내고 있다는 것으로 만족할 만한 수준입니까?

다른 사람들은 구경꾼이고 야나기와 나만이 이야기에 집중하고 있었다.

– 다쿠미, 나는 지금 일본인들이 가지고 있는 시각으로 말하고 있을 뿐이에요.

– 그건 그렇다 치더라도 과연 센노리큐千利休[24]가 그렸던 세

24) 일본 다도를 완성한 일본 최고의 차인. 도요토미 히데요시의 차선생이지만 임진왜란을 반대하다가 할복으로 생을 마감했다고 전해지기도 한다.

계가 구현되고 있는 건지는 의문입니다. 제가 본 지금의 다도는 대수장가나 고관대작들의 장신구에 다름이 없습니다. 절제와 소박함이란 인식을 덧씌운 값비싼 다이아몬드 브로치 같은 것 말입니다.

막 들어와 자리를 잡은 옆의 손님들이 나를 힐끔힐끔 쳐다보았다.

– 나도 그렇게 말하는 마음을 충분히 이해하오. 나 또한 다도를 '아름다움의 완결'로 받아들이지만, 지금의 다도는 본래 추구하던 '절제 속의 자유'를 잃어버리고 있다고 생각하오. 이에모토家元제도[25]나 대명물의 허상에서 벗어나야 하지요. 나 역시 기자에몽이도[26]를 일곱 겹의 상자에 보관한다고 그 다완의 가치가 이어진다고 보지는 않소. 다쿠미의 말처럼 비참한 운명이죠. 하지만 그것을 본 이상 그렇게 깨어지고 사라지는 걸 놓아두는 것은 옳지 않다고 봅니다. 보전하되 격에 어울리는 역할을 주어야겠지요.

야나기의 표정은 일견 동의는 하지만 온전히 수긍하기는 어렵다는 듯했다.

---

25) 일본의 전통문화는 유파를 만들어 세습하는데 그 조직의 우두머리를 이에모토라 한다. 다도에도 역시 적용된다.
26) 이도다완 중에서도 최고의 찻사발로 유명한 다완.

– 그들의 운명은 그들의 것, 일본다도가 이도다완을 살려냈다고 하는 것은 자족이 아닐까요? 반복되는 말이기도 하겠지만, 그들의 역사로 예술을 재단하고 있다는 느낌을 배제할 수 없군요.

하나의 방향으로 읽어 오늘의 조선민족 예술을 얘기할 수는 없다고 봅니다. 애상적인 미학이라는 것도 그렇습니다. 조선 민화 속에 나타나는 해학이나 분청의 여백과 파격, 백자의 절제된 미, 탑들의 웅장함 등을 보면, 어디에 쓸쓸함이나 애상이 묻어나는지요? 개성과 자유, 건강미가 넘치지 않습니까? 오히려 소박과 절제가 돋보이긴 하지만 획일적이고 형식에 갇혀 있는 일본 다도가 더 슬프지 않나요?

나는 단호하게 말했다. 야나기는 다소 강경한 내 말에 대꾸를 하지 않았다. 그렇다고 표정의 변화가 있는 것도 아니었다.

– 조선을 혼란에서 건져야 한다고 생각하는 지식인들 중에, 일본의 역할이 중요하다고 보고 있는 사람들이 있는데, 그건 일본의 조선지배에 대한 면죄부를 주는 것이나 마찬가지입니다. 그런 시혜의식으로는 풀어낼 수 없습니다. 일본의 난폭한 정치를 지적하고 있습니다다만 난폭함의 원인을 조선사람들의 행동이나 태도에 상당 부분을 할애하고 있는 한 조선의 문화나 예술을 이해할 수는 없습니다.

– 다쿠미 그만 하자. 오늘 왜 이러는 거지?

결국 오랫동안 듣고만 있던 형이 끼어들었다. 야나기도 기꺼이 고개를 끄덕이며 호탕하게 웃었다. 그러고 보니 심했다는 생각이 들었다. 내가 지금 조선에서 흉금을 털 수 있는 일본인인데 말이다.

마치 피해의식을 가진 사람처럼 과민한 것은 분명했다. 실은 나도 마음을 열고 조선사람이나 문화를 받아들이고 싶어도 마음의 빗장은 그대로 두고 있지 않은가. 그것은 생각으로 되는 것도 아니고, 그들과 같은 옷을 입었다고 그들을 얻는 것도 아닐 것이다. 겨우 제스처에 불과할 지도 모른다. 또한 그들이 나에게 무엇을 준다고 하더라도 그걸 지켜줄 수 있을지도 모르겠다. 그런데도 내 감정에 충실하지 못하고 염치없이 소리만 높이지는 않았는지 모르겠다.

분원의 모습이 지워 준 감정이 성했던 모양이다. 하나의 형상엔 셀 수 없는 그림자가 있다. 시각의 스펙트럼은 모두 역사이다. 그들이 역사를 만들고, 이어가고, 기억하며, 미래로 나아가게 한다. 조급해서 얻긴 힘든다. 눈을 감고 어제 다짐했던 걸 떠올렸다. 그래, 사금파리. 내일은 어떤 일이 있더라도 그 일을 해야겠다.

– 청자, 그들에게 빛을

– 선상님 이것 강진에서 주워 온 거 맞지예?

내가 뒤꼍에서 묵직한 자루를 들고 와 마당에 내용물을 쏟아 붓는 걸 본 호림이가 물었다.

– 그래, 기억이 나는 모양이군.

– 하모요, 정말 먼 곳이었지예.

강진 사당리 가마터를 갔을 때 안내해 주었던 소담이라는 소녀 얼굴이 생생하다. 할아버지가 도자기를 가르치고 있을까? 밭두렁뿐만이 아니라 어디를 파도 청자 사금파리였다. 찬란했던 문화가 묻혀 있었다.

강진뿐만 아니라 전국 가마터를 돌면서 모은 것들이었다. 크기나 모양, 문양이 각양각색인 청자 사금파리가 햇살을 받아 빛을 발했다. 흙이 묻어 있었지만 파편들의 색은 싱그러웠다. 수백 년 동안 묻혔다는 걸 믿기 힘들었다.

단순한 조각들을 주워 온 것이 아니라 문양이든 모양이든 제각각의 모습이 있는 것들이었다. 여의주를 물고 있는 모양, 정교한 문살 모양의 투각 조각, 상감기법의 학 문양 등 깨지지 않았다면 명품으로 남았을 것들이다.

– 호림군, 이것으로 뭘 하면 좋을 것 같나?

내가 이것저것 만져보면서 물었다. 머리를 긁적이던 호림이가 대답했다.

– 글씨요, 소꿉놀이 아이면 씰 데가 없는 것 같은데... 근데 이렇게 다시 보니 생긴 거나 때깔이 참 좋아 보이는구만요.

– 그래 맞았어. 바로 그거야, 오늘 우린 옥을 다듬는 거야.

– 네? 옥이라고구요?

호림이는 뚱한 눈으로 나를 쳐다보았다.

보석은 인간이 욕망하는 극치다. 수많은 보석 중에서도 동양에서는 옥을 귀하게 여겼다. 오죽했으면 옥을 갈아 먹었을까. 「초사楚辭」나 「주례周禮」 같은 중국 서적에는 옥을 먹었던 기록이 있다고 한다. 신선이 되는 양생법으로 옥가루를 이용해 환약 등을 만들었다는 것이다.

이유를 찾는 것은 어렵지 않다. 옥이 지닌 기운, 주술적인 힘을 믿었기 때문일 것이다. 옥은 천지만물의 정수精髓이며 지극히 순결한 것이라 여겨왔다. 때문에 옥을 지니거나 먹으면 신비로운 힘을 얻을 수 있고 잡귀도 물리칠 수 있으리라 믿었다. 또한 재생력을 지닌 것으로 믿어 부장품으로도 인기가 높았던 게 옥이다.

옥은 지금도 역시 장식품으로 인기가 많다. 옥구슬을 꿰어 목걸이도 만들고, 노리개나 반지, 팔찌를 만든다.

청자는 이렇게 귀한 옥을 갈망한 결과 탄생했다는 것이 중국에서 흘러온 이야기다. 강진에 갔을 때 지천에 널린 청자 사금파리를 보았다. 그들은 비록 깨어져 있었지만 기품을 잃지는 않았다. 나에게는 깨어진 조각이 아니라 다듬어지지 않은 옥이었다. 수백 년을 땅속에서 혹은 밭 가장자리에 뒹굴면서도 퇴색하지 않은 것은 청자옥이 나더러 제대로 보라는 항변 같았다.

사금파리들이 나에게 거스를 수 없는 명령을 하고 있었다. 그들을 들여다보니, 깨어져 뒹굴고 있지만 결코 묻혀선 안 될 것들이었다. 이미 수백 년이 지났지만 제 빛을 전혀 잃지 않은 고려의 옥이었다. 중국의 청자를 넘어서 그 누구도 따를 수 없었던 신비로움!

꼭 무엇을 하겠다고 주워 온 것이 아니었지만 이젠 아니다. 그래서 대장장이 일을 배웠다는 호림이에게 숫돌이며 구멍 뚫는 기구를 부탁해 놓고, 틈이 날 때마다 작업을 해 왔다.

– 호림군, 이것을 잘 갈고 다듬어 만들고 싶은 것을 만들면 된다네. 자넨 솜씨가 좋으니 명품을 만들 수 있을 거야. 자 시작해 볼까?

– 아하, 알겠십니더. 누가 요런 생각을 하겠십니꺼. 역시 선상님은 대단하십니더. 우째든간에 오늘 선상님 말씀대로 옥을 다듬어 보입시더.

– 하하하, 그래. 일단 맘에 드는 것을 하나씩 골라보자.

우리는 웃으며 사금파리 하나하나를 살피기 시작했다. 나는 원래 청자연적이었던 모양의 조각을 골랐다. 한쪽 날갯죽지의 미세한 선까지 살아있고 머리모양이 온전했다. 매우 만족스러운 것이었다.

– 호림군 이것 봐. 깨진 면을 잘 다듬고 민어나 황어의 부레로 만든 접착제만 있다면 훌륭한 물건으로 다시 태어날 것 같지 않니?

이미 만들어 놓은 물건 하나를 가져와 보여 주었다. 원앙이었다. 도자기도 목각도 아니었다. 연적이었는지 주전자였는지는 알 수 없지만, 원앙의 머리에서 몸통으로 이어지는 부분에서 깨어진 사금파리에 나머지 부분은 나무를 다듬어 합친 것이었다. 즉, 머리는 청자 사금파리이며 몸통과 깃은 나무로 다듬어 붙인 암컷 원앙이다.

– 우와, 이것을 선상님이 만들었다구요? 설마… 원앙이 살아났심더. 진짜보다 더 귀한 것 같심더.

호림이는 눈을 휘둥그레 떴다.

– 그래 그렇지? 한 마리가 더 있어야 할 텐데 그걸 지금 찾았어. 이걸로 짝을 지워야지.

금방 찾아낸 사금파리를 들어 보였다. 부부의 금슬을 나타내는 원앙은 청자에서 가끔 볼 수 있는 소재다. 머리 부분은 없고 몸통만 있더라도 상관없다. 머리 쪽을 나무로 조각하여 채우면 더 재미있는 한 쌍의 원앙이 될 테니까 말이다. 전생에 그들이 이루지 못한 꿈을 이루게 될 것이다.

– 알겠심더. 지는 요걸로 귀여운 노리개를 만들낍니더.

– 누구 줄 사람이라도 있나?

호림은 씩 웃으며 작업을 시작했다.

손에 헝겊을 감고 숫돌에 갈아보려 애썼지만 기물이 크지 않아 무척 어려웠다. 1250도가 넘는 장작가마에서 익은 사금파리는 마치 쇳덩이처럼 단단했다. 아무리 숫돌에 갈아도 좀처럼 자신의 살붙이를 내 주지 않았다. 구멍을 내기란 더욱 어려운 일일 것이다. 유약이 녹은 부분에 흠집을 내기란 여간 까다로운 작업이 아니기 때문이다.

난 무리하게 깎거나 다듬으려는 생각은 없다. 사금파리가 생겨먹은 대로 보아주는 것이 곧 아름다움이다. 조선에 와서 내가 보고 배운 것이었다. 조선 가옥은 기둥이나 서까래 혹은 대들보는 곧으면 곧은 대로, 굽은 것은 굽은 대로, 뒤틀린 것은 그대로의 결을 살리고 있다. 애초에 설계도란 무의미한 것이었다.

일본의 집들은 장난감 같다. 물론 아기자기한 맛은 있지만 건조하고 밋밋하다. 자로 재어 잘 짜 맞춘 구조물이다. 뼈대도 쭉 곧은 것이며 나누어진 방들도 고르기만 하다. 지붕 또한 그저 경사를 주어 비바람을 피하는 정도일 뿐이다.

일본에서는 정원도 장난감처럼 산과 강을 간단하게 줄여 옮겨놓고, 단 하나의 흠결도 보이지 않도록 정리한다. 정원수의 모습도 정갈하기 짝이 없어 정물화 같다. 조선은 여간해선 정원을 가꾸지 않았다. 산을 조성하고 연못을 파지 않았다. 그건 집들 하나하나가 바로 자연의 구성물이기 때문이다. 그래서 편안한 것이다.

예술은 자연으로부터 배운 것이다. 자연은 제멋대로지 인간의 입맛대로가 아니다. 아무렇게 섞여있지만 흉내는 불가능하다. 비록 옮긴다고 해도 아류일 뿐이다.

그런 것이 조선의 미였다. 사금파리도 그렇게 살아나야 한다. 저들의 모습대로 보아 주기만 해도 신비로운 빛깔이 다시 삶을 얻을 것이다. 청자 사금파리의 수백 년 꿈을 보았다. 감출 수도 없고, 다시는 불러낼 수도 없는 청자 빛깔이 사람들 옷자락에 노리개로 단추로 돌아올 꿈을 꾸고 있었을 것이다.

깨어지고 묻히고 잊히는 것들을 일깨워야 한다. 이들을 깨우러 강진으로 부안으로 달려갈 것이다. 그들의 땅에 널린 옥을 캐라고 주문할 것이다. 그것은 청자를 양지로 끌어내는 일이기도 하지만 그곳 사람들의 의미 깊은 삶의 방편이 되기도 할 것이다. 단추가 되고 목걸이로 살아올 것이다. 살아난 원앙 한 쌍이 머릿속에 그려졌다. 소담이 아가씨를 생각했다.

– 호림 군. 이걸 줄 사람이 생각났어.

– 사모님도 아니실 테고… 누가 결혼이라도 합니꺼?

– 하하하, 우리 강진에 한 번 더 가야겠다.

호림은 고개를 갸우뚱하며 나를 쳐다보았다. 나는 갑자기 흥이 일고 우쭐해졌다. 오늘밤도 강진 들녘이 보석처럼 빛나고 있을 것이며, 달밤이면 밭고랑에서 학이 날고 연꽃이 피는 청자의 향연이 벌어지고 있으리라.

다쿠미, 영혼으로 만남 - 일곱

… 대지진으로 억울하게 살해당한 사람의 영혼을 위로하기 전에 죽인 자를 미워하지 않으면 안 된다. 반드시 저주하고 단죄해야 한다…

- 선생님, 이게 누구의 말씀인지 아시죠? 후세 다쓰지 변호사, 2004년 일본인으로서는 최초로 대한민국 건국훈장 애족장을 받은 분입니다.

간토대지진이 수습도 되기 전에 몰려온 여진, 그것은 유래를 찾기 힘든 참극이었다. 천재天災를 숙주 삼아 인재人災로 창궐했다. 유언비어를 퍼뜨려 먹고 살기 위해 이국땅으로 품을 팔러갔던 수천 명의 조선인들은 무참히 살해당했다. 그 때 동아일보에 기고한 글에서 '이 세상에 더 이상 변명할 방법이 없다'고 사과문을 올렸던 사람이 후세 다쓰지다.

- 훌륭하신 분이었소. 그는 기미년 2·8독립선언 사건이나 의열단 박열의 변호를 수임료도 받지 않고 맡았다고 들었지요. 상상하기 힘든 용기와 의지를 가진 분이었소.

다쿠미는 실상을 보지는 못했지만 무척 참담한 심정이었다고 했다. '변호하고 싶었다. 내 힘으로 할 수 있는 일이 있다면 무엇이든 하고 싶었다'는 말은 공감하고도 남았다.

이제 이야기는 선생의 짧았던 삶의 막바지로 달려가고 있다. 그런 현실에서 다쿠미가 청자 사금파리로 탄생시킨 한 쌍의 원앙을 생각했다. 순전히 내 생각이지만 깨어진 조각으로 원앙을 만들거나 묻혀버린 분원의 현실을 보면서 다쿠미는 빚을 졌다는 생각을 했는지도 모른다.

- 청자 사금파리를 다시 살려 놓은 선생님의 마음에 놀랐습니다. 선생님은 인류가 남긴 뛰어난 유산의 가치를 그 누구보다 따뜻하게 이해하시는 것 같습니다.

- 좋아하는 것과 사랑하는 것은 차이가 있지요. 사랑은 뿌리까지 이해하는 것이죠. 좋아하는 마음에는 소유욕이 발동하겠지만 사랑하는 것은 그걸 뛰어넘는 겁니다.

- 일찍이 조선에서 가져간 사발인 이도다완을 일본 차인들이 가치를 높였다든가, 임진왜란 후 그들이 선호해 주문했던 차사발도 근

본적으로는 사랑한 것과 다르다는 건가요?

– 어느 정도 맞는 말이오.

– 1900년대 초기에 일본인이 남긴 기록입니다. '조선 사람들은 전통적으로 조상을 섬기는 일을 각별히 했고, 어떤 일이 있어도 분묘 안에 들어있는 물건에 대해서는 알려고도 하지 않았다. 그런데 일본인들이 들어오면서 분묘가 파헤쳐지기 시작했다. 수천 명이 활동을 한다... 그 하수인들은 대개가 조선인이었다'고 적고 있습니다. 그런 부당한 행위를 우려했던 사람들은 많습니다. 하지만 그들은 조선을 걱정하는 사람이 아니었습니다. 그런 사람들마저 우려하던 시절에 선생님이 보여준 것은 사랑이라고 확신합니다.

– 아이구, 부끄러울 따름입니다.

실은 내가 부끄러운 것이다. 어떻게 일본으로 흘러들어갔는지도 모르는 조선 순백의 달항아리 하나가 오랜 세월이 흐른 후 고국으로 나들이 나와 고궁박물관에 전시될 때도 사람들은 도둑이 훔쳐가다 떨어뜨려 300여 조각 이상으로 박살난 항아리를 기적 같이 복원했다는 이야기27)에 들뜨는 게 오늘날이다.

땅에 묻힌 청자 사금파리를 단추 하나로도 살려내야 한다고 생

27) 오사카시립동양도자미술관 소장 백자달항아리. 일명 '시가의 항아리'.

각했던 다쿠미의 말이 그런 이야기보다 훨씬 무겁다.

- 선생님 고향이 눈에 선합니다. 나가사카長坂역, 그때나 지금이나 여전히 시골역입니다. 그 역에서 걸어서도 쉬이 닿는 곳입니다. 선생님 생가라는 곳은 잡초와 먼지만 무성했지만 다행히도 '아사카와형제기념관'에서 조선에서의 삶이 이어지고 있었습니다. 수구초심首丘初心이란 말이 있습니다. 여우도 죽음을 맞을 때 고향으로 머리를 둔다는데 선생님은 굳이 이 땅에 묻혔습니다.

오늘은 선생님이 이 땅에서 사랑했던 것들에 대해 듣고 싶습니다. 조선의 소반을 좋아했고, 사라지는 도자기 이름을 안타까워했던 이야기를 말입니다.

- 아, 오늘에야 고향 소식을 듣게 되다니요, 좋습니다. 그렇게 하지요...

다쿠미 고향역, 나가사카 역

– 그 사발장수처럼

동대문 시장, 재미난 것들이 넘치는 곳이다. 자주 오는 곳이라 익숙한데 오늘은 특히 신발가게가 붐비고 있었다. 호림이가 그 곳으로 가더니 꼼짝도 하지 않았다. 할 수 없어 다가가보니 고무로 만든 신발을 앞에 두고 사람들이 눈을 떼지 못하고 있었다. 신어 보는 사람들도 있고 냄새까지 맡아보는 이도 있었다.

– 호림이 너도 저걸 신고 싶나?

– 선상님 아임니더. 그런 기 아이라요... 물도 안 들어오고 빨리 마르고 신기하다 아입니꺼.

호림은 아닌 척 하지만 갖고 싶은 마음을 감추지는 못했다. 가죽신이나 구두는 엄두도 못 내는 사람들이 좀 싸고 질긴 고무신에 호기심을 가지는 게 특별할 것은 없다. 지금 경성 사람들은 고무신에 미쳐 있는 듯하다. 서민들이 주로 신는 짚신보다 서너 배는 비싼데도 불티나게 팔려 나간다고 한다.

그런 모습을 볼 때마다 씁쓸하다. 일본에도 짚신이 있었지만 조선의 서민들이 신는 짚신이나 삼으로 삼은 미투리나 나막신이 참 보기 좋다. 하지만 자기들이 가진 뛰어난 기능을 소중히 여기지 않는 것 같아 안타깝다. 찌든 생활에 질척거리는 짚신을 신고 있는 자신의 모습이 보기 싫은 모양이다.

– 그래서 그게 더 좋은 물건이란 말이냐?

– 하모예. 질기고 가볍고 편할 것 같은 데예.

– 뭐 그렇게 생각한다면 그렇기도 하겠지... 어서 가자.

빨리 그 자리를 벗어나고 싶었다.

시장에 대한 기억이 이런 것만은 아니다. 아주 신선하고 흥미로운 경험으로 즐거울 때도 있었다. 남원을 다녀오는 길에 곡성에서 생산된 그릇을 팔고 있는 것을 보았다. 시장 한 구석에 쉰 전후의 남자가 4, 50개의 크고 작은 사발을 앞에 두고 졸고 있었다. 그릇 하나하나를 포갤 때 사이마다 짚을 넣어 엮어 마치 달걀꾸러미처럼 묶어 놓았다. 지방 가마에서 구운 소박하고 맛나는 사발로 보였다.

이런 그릇은 도시에서 보기가 힘들다. 대개 그들은 가마를 중심으로 사방 20리 정도의 반경으로 팔러 다니기 때문이다. 탐나는 그릇이 몇 개 보였다.

– 주인장, 이거는 하나에 얼마유?

– 한 개에 3전 주시오.

사발에 관심을 보이는 할머니가 그릇을 만져보다가 사발 장수와 흥정을 할 모양이었다. 졸고 있던 사발 장수가 눈을 비비고 대답 했다. 그러자 머리가 희끗한 할머니는 그릇을 들고 값을 잘랐다.

– 두 개에 5전, 됐수?

– 그만 가소. 안 팔겠소.

지게에 비스듬히 몸을 기댄 사내의 말이 더 칼날이다. 으레 값을 밀고 당기는 것은 어디나 볼 수 있는 장사의 재미인데 이 사발장수는 달랐다. 아마 장사 수완 이상의 자신감인지도 몰랐다. 직접 그릇을 빚은 사람으로서의 여유라 해야 할 지도 몰랐다. 재미있고 흐뭇하게 다가왔다. 할머니도 그걸 느꼈는지, 혹은 꼭 살 맘은 없었는지, 돈이 부족했는지는 모르지만 금세 포기하고 말았다.

이번엔 내가 나섰다. 이미 봐 놓은 게 있었기 때문에 망설임 없이 3개를 골랐다. 그리고 10전을 내밀었다.

– 내 마음대로 골랐으니 1전을 더 주겠소. 어떻습니까?

사발 장수는 의외라는 듯 눈을 크게 떴다.

– 허참, 별 일도 다 있네. 이런 일은 첨이오.

그러면서도 얼굴에 만족한 미소가 번지고 있었다. 꼭 값의 문제가 아니란 걸 느꼈다. 뿌듯한 거래였다. 덕분에 정말 마음에 드는 사발을 3전에 살 수 있는 행복을 맘껏 누린 날이기도 했다.

주고받는 일은 많은 깨달음을 준다. 언젠가 가마터를 찾아 수락산에 갔을 때 일이다. 산 중턱 작은 암자 근처에서 사금파리들을 주웠다. 분명 가마터의 흔적으로 보이는 구조물이나 흙덩이들이 보였다. 아쉽게도 가마터와 관련된 이야기를 들을 수는 없었다. 오후 2시 경 정상에 올랐다. 동쪽으로는 광릉 산들이 손에 잡힐 듯이 가까웠고, 남쪽으로는 한강의 물비늘이 반짝이고 있었다.

나무가 제법 우거진 동쪽 계곡을 따라 내려가니 작은 마을이 나타났다. 거긴 사금파리 밭이라고 해도 이상할 것이 없을 정도였다. 저녁 무렵, 숙소로 정한 흥국사에 도착했다.

그날 밤 스님과 마을 사람들과 함께 이야기꽃을 피웠다. 도자기 사금파리를 비롯해 가마터, 생활용품에 관한 것들이었다. 그때 도토리묵에 대한 이야기가 나왔다.

– 제가 도토리를 많이 주워 놓았는데 집에다 두고 필요할 때 묵을 만들어 먹으면 아주 좋답니다.

식사 후, 한 사람이 말했다. 다음날 아침 그를 따라갔더니 집 뒤란에 제법 많은 도토리를 주워 놓았다. 값을 물었더니 한 말에 2엔을 달라고 했다. 내가 아무리 시세를 모른다 해도 좀 심한 듯했다. 1엔 50전이라 해도 사고 싶지 않은 값이었다. 그래도 말이 나온 김이라 한 말을 사기로 했다. 그때 내 눈에 백자로 만든 필통이 눈에 들어왔다. 아무렇게나 버려져 있었는데 밑바닥도 빠져 달아났고 금이 많이 가 사용할 수 있는 물건이 아니었다. 값이 나갈 물건은 아니었다. 하지만 양각으로 새긴 대나무와 소나무 문양은 꽤 보기 드문 것이었다.

– 그것을 사시겠소?

– 얼마에 팔 생각입니까?

내가 관심을 보이자 그 사내가 바짝 다가와 물었다. 쓸모는 없는 물건이었지만 표본이 될 만해 물어본 것이다.

– 5엔은 주셔야 됩니다.

젊은 사내는 하급 장사꾼처럼 거래를 하려 들었다. 또 한 번 기분이 상해 버렸다. 나는 필요 없다고 했다.

– 그럼 3엔에라도 가져가세요.

사내는 마음 내키는 대로 값을 정하는 것 같았다. 말없이 돌아서자 그가 다시 말했다.

– 그럼 얼마면 사시겠소?

– 이것은 작품이 아닙니다. 그냥 참고할 만한 듯해서 관심을 가진 것입니다. 사지 않겠습니다.

잘라 말하고 돌아서 버렸다. 우리 일행은 다시 산으로 올라가 나무 열매를 채집하고 사금파리를 수집했다. 내려오는 길에 그 마을을 지나려 할 때 아까 그 사내가 필통을 가지고 기다리고 있었다.

– 이거, 그냥 가져가세요.

막상 그렇게 나오니까 미안한 마음이 들었다. 그래서 옆에서 있는 아이에게 10전을 건네려고 했다.

– 선생님, 조금만 더 주시면 안 됩니까?

깜짝 놀라며 사내의 웃는 얼굴을 쳐다보았다. 그는 그저 웃고 있었다. 너무 어이가 없어 깨어진 필통을 돌려주고 말았다.

이런 이야기는 도무지 내키지 않는다. 고무신도 그렇지만 도토리묵이나 백자 필통 이야기도 마찬가지다. 먹고 산다는 것이 고달프고 힘든 것은 알겠지만 난 그들에게서 무엇인가 허전한 것을 보았다. 그 사내만 해도 그랬다. 청자나 백자는 일본 사람들이 너무 좋아해서 마구 구입한다는 걸 들은 모양이었다. 결국 나는 나대로 이상한 고미술품 사냥꾼이 되어

버렸고, 그 사람은 그 사람대로 어이없는 장사꾼이 되어 버렸다. 서로 정을 나누고 다독이며 살아가던 사람들이었을 텐데 몇 푼의 돈에 팔려 나간 것 같았다.

누가 이런 그림을 그려 놓았을까. 지금 고미술품 애호가를 꼽으라면 셀 수 없이 많다. 하지만 그들의 고미술품 사랑은 대개 비뚤어져 있다. 예술품을 사랑하는 것은 인간의 삶에 대한 사랑이어야 한다. 그들의 집착이 오늘 같은 아쉬운 장면을 연출하는 것이다. 그런 메마른 현실이 고무신을 선망하게 하였으며, 표정도 없고 밋밋한 왜사기를 밥상 위에 올리게 한 것이리라.

남원에서 산 사발을 만지면서 오늘 씁쓸한 경험에 밝게 덧칠을 해 보았다. 사발장수가 장삿속이 밝다고 생각하지 않는다. 제 일에 충실했기에 그 가치를 알고 있었다. 사발장수가 한 것은 셈이 아니라 마음을 주고받은 것이다. 거칠고 투박한 말투지만 사발을 빚는 마음을 알기에 자신하는 말이다. 그런 따뜻한 거래가 내일도 찾아오기를, 그리고 그 사발들이 끊어지지 않기를 간절히 소원한다.

– 도미모토 겐키치와의 외출

– 아니 벌써 나가시려구요? 아직 새벽입니다 도미모토 상. 아무리 천천히 가도 문을 안 열었을 건데요?

– 그건 알지만 좀이 쑤시는군요. 뭐 주변 구경도 하고... 하여간 다녀오리다.

며칠 째 반복하는 대화였다. 어제도 너무 이르게 도착해 박물관 주변을 한참이나 돌았다고 해 놓고 오늘 또 그런다. 하루 종일 이왕가박물관에서 보내고 돌아올 때는 도자기 스케치가 몇 장씩 들려있었다. 보기 힘든 집중이었다. 그는 천생 예술가였다. 우린 매일 밤늦게까지 도자기 이야기로 보냈다.

– 도미모토 형, 겨우 5, 6년 남짓 도자기를 하셨다는데 대단합니다.

그는 건축과 디자인으로 영국 유학까지 했던 재원이었다.

하지만 순식간에 도자기로 방향을 틀었고 재능 또한 인정받았다. 내지에서는 찾아보기 힘든 경우였다. 스승도 없으며, 흙 고르기, 기물 만들기, 유약과 불때기까지 스스로 해결하는 독특한 인물이었다. 집안의 반대를 무릅쓰는 일보다 더 힘든 일이었겠지만 모두 이겨냈다.

– 난 흥미로운 것을 보았고 그렇게 시작했을 뿐입니다.

– 형은 천재 이하는 아니군요 하하하. 아무리 도자기가 좋다 해도 그렇게 한다는 건 엄두도 못 낼 일입니다. 특별한 계기라도 있었던 건가요?

– 계기라... 나보다 먼저 도자기에 빠진 친구 버나드 리치[28]는 나를 매우 피곤하게 했는데, 그 피곤 속에 그게 숨어 있었는지도 모르죠 하하하.

– 설마요... 형이 가진 기질이나 심미안 때문이겠죠.

– 그날 리치가 나를 전람회장에 끌고 갔던 건 맞지만 결과적으로는 그곳에 제가 있었다는 것, 거기에 조선의 도자기가 있었고, 그 중에는 조선 초의 철화당초문병이나 진사 연적이 있었다고 하면 될까요?

조선 도자기로부터의 충격이 삶의 방향을 틀게 했다는 걸

28) 일본 도자기에 빠진 영국인. 뒤엔 조선과 중국의 전통 도자기에도 깊은 관심을 보였다.

부정하지 않았다.

만난 지 닷새 째 되는 날은 박물관이 아니라 야나기와 셋이서 경성을 돌아보기로 했다. 전차도 타고 때론 걷기도 하면서 이야기를 나누었다.

– 도미모토 형, '조선시대의 연적'을 재미있게 읽었습니다. 이 땅에 한 번 와 보지도 않고 그렇게 감동하고 놀랐다니요.

야나기가 주도하는 잡지 '시라카바'에 한 달 전에 실린 도미모토의 글이었다. 손바닥에 들어오는 조그맣고 네모진 백자 연적을 통해 예술이 지닌 강한 생명력과 그걸 만들어낸 무명 도공이 지닌 혼을 느꼈다고 했다.

그는 '도자기의 형태는 몸이며 무늬는 옷이다'는 기본 이념을 가졌기에 반드시 스스로 흙작업을 하면서 무늬를 생각했는데, 조선의 도자무늬에서 그가 추구하려는 이념의 실체를 보았다고 쓰고 있다.

– 이미 일본에 들어와 있는 조선의 도자기는 대개의 경우 알고 있었소. 공부를 하는 데는 별 어려움이 없었지요. 사실 이번 여행에서는 도자기도 당연히 보고 싶었지만 건축 또한 마찬가지입니다.

– 아, 네… 지금까지 본 느낌은 어떻습니까?

– 전 조형미술 가운데서 건축보다 강한 의미를 가진 것은

없다고 생각합니다. 조선에서 본 건축은 매우 놀랍습니다. 경성 시내를 가로질러 흐르는 하천에 놓인 돌다리는 압권입니다. 팔각으로 깎은 돌기둥을 횡으로 지르고 돌구멍 사이에 끼워 받쳤는데 이런 형태는 일본이나 중국에서 본 적이 없습니다. 그 아름다움을 표현할 능력이 제게 부족합니다. 다쿠미 상의 집에 들어가면서 조선가옥의 아름다움도 곧바로 느꼈습니다. 곡선의 부드러움이었죠.

도미모토가 우리 집에 도착하던 날, 대들보를 중심으로 빗살처럼 둘러 펴진 서까래나 기둥, 장지문을 꼼꼼히 살펴보던 것을 기억했다. 그와 나란히 걷던 야나기가 말을 받았다.

– 그렇죠. 만일 일본 가옥에서 선을 말하라면 직선이겠죠. 단정하고 깔끔한 이미지라고 할 수 있습니다. 물론 직선적인 것도 하나의 기술이긴 합니다. 작업의 편리성도 갖고 있으며 치밀하게 짜 맞추는 통쾌함이 있고 시원하기도 하구요.

– 그도 그렇습니다만 좋은 건물은 무엇보다 자연과 함께해야 합니다. 조선의 왕궁을 보고 놀랐습니다. 병풍처럼 두른 삼각산, 북한산, 와호산에 안긴 모습은 원래 자연의 일부처럼 다가왔습니다. 지붕선도 신비했으며 기둥이나 문을 다는 철물이나 창문 하나하나가 나 같은 글솜씨로는 도저히 표현해 낼 길이 없어요.

– 맞소. 일본가옥은 은근함과 부드러움, 포용과 여유는 부족하지요. 또한 창의적이라는 부분은 치명적입니다. 어쩔 수 없이 쓴 재료라 한다면 열린 사고로써만 이용 가능합니다. 아니면 폐기물이 되어야 할 것들이죠. 안 그렇소 다쿠미?

야나기가 그들의 대화를 듣고 있는 내게 물었다.

– 아, 네. 그러하기에 더욱 기교가 필요한 지도 모릅니다. 나무는 삼나무나 편백처럼 곧기만 하지 않지요. 방향을 틀기도 하고 경쟁하면서 굽기도 합니다. 자연의 이치죠. 나무들은 그렇게 제각기 모습으로 하나의 숲을 이루죠. 그들 하나하나는 개성과 아름다움을 가지고 있는 독립적인 개체이니 그걸 이해해야 하는 건축이 되어야 하니까요.

도미모토가 내 말에 동조했다.

– 무기교인 듯한 아름다움, 그렇습니다. 내 눈 앞에 처음 등장했던 분청사기철화당초문병은 그저 무심히 놀린 묵직한 붓질이 있었을 뿐이죠. 단순한 흑과 백 그것이 내 눈을 사로잡았으니 도대체 어떤 기교인지 놀랍습니다. 진사연적은 또 어떻습니까? 이 나라의 공예는 충격 그 자체입니다.

도미모토의 시각은 참으로 놀라웠다.

– 그렇습니다 도미모토 형. 외람되지만 제게 조선 도자기의 미학을 묻는다면 건축에서와 같이 자연미라 단언합니

다. 말씀하신 계룡산 도자기의 질감에 백자의 무늬를 넣는다면 끔찍한 일입니다. 거꾸로 순백의 바탕에 귀찮은 듯이 지나간 귀얄[29]의 흔적은 당장 깨뜨리고 싶은 충동을 갖게 하겠죠. 계산된 것일까요? 자연스레 터져 나온 소름 돋는 감각입니다.

– 아, 다쿠미 상... 무기교나 기교라는 표현 너머에 있는 세계라는 거군요?

– 그렇죠. 직관이랄까... 예술이라는 관념으로부터 자유로울 때 생겨나는 초감각이라 할까요?

공감을 구하는 말은 아니었지만 앞서 걷는 야나기도 고개를 끄덕였다.

우린 정동에 있는 노리다카 형 집을 향해 걷다가 가끔 들르는 도자기점으로 들어갔다. 이곳은 골동보다는 왜사기를 비롯한 일상적인 그릇을 주로 취급하는데 현재 생산하는 도자기를 팔기도 했다. 도미모토가 어느 도자기 꾸러미 앞에 멈춰 관심을 보였다. 맘에 드는 모양이었다.

– 이걸 사고 싶소. 조선에 온 기념선물로 좋을 듯합니다.

---

29) 풀이나 옻을 칠할 때에 쓰는 넓고 굵은 붓. 분청사기에 주로 사용한 것이 귀얄 기법이다.

오래 된 것 같지는 않은데?

– 맞습니다. 이것은 보아하니 함경도 명천이나 회령에서 만든 것 같습니다.

태토가 매우 거칠었고 굽에는 유약을 바르지 않았다. 윗부분이 배보다 좁았는데 북쪽 지방에서 흔히 볼 수 있는 사발이었다. 내가 알고 있는 현재의 도자기 생산지는 황해도 봉산, 전라도 곡성이나 고창 등인데 이것은 특징으로 보아 함경도 명천에서 생산된 것이 분명했다.

– 아, 그렇소? 다쿠미 상 대단하군요.

도미모토가 말하자 야나기는 미소만 짓고 있었다. 도미모토가 한 꾸러미를 모두 사겠다고 전달하니 주인이 말했다.

– 아, 한 죽을 모두 사시겠다구요?

– 뭐라고 하셨죠? '죽'이라고 하셨나요? 이건 십자가나 열십자를 뜻하는 건데 왜 '죽'이라고 하는 거죠?

사발은 짚과 새끼로 열 개씩 꾸러미로 묶여 있었다. 그리고 十를 표기해 놓았다. 이것은 분명 표기와 소리가 다른 것이었다.

– 그거야 어찌 알겠소. 오래 전부터 열 개를 한 죽이라고 해 왔다고 하더만요.

– 그럼 '죽'은 '열 개'란 뜻이군요. 달걀이나 생선은 그렇게

세지 않던데...

– 맞소. 이건 도자기에서만 쓰이는 거요. 별 걸 다 묻는 군요 허허.

나이가 지긋한 주인은 사람 좋게 웃었다.

… 이제야 알 듯 하군. 책에서 보았던 '사발오죽팔립'은 '사발 오십 여덟 개'를 뜻한다는 거로군

– 주인장, 좀 성가시겠지만 이야기 좀 나눕시다. 도자기를 세는 또 다른 말들을 알려 주세요.

나는 급히 떠오르는 게 있어 야나기와 도미모토를 생각할 겨를이 없었다. 주인은 고개를 끄덕였다.

조선도자기에는 어떤 기호나 말들이 표기되어 있는 것을 이미 많이 보았다. 생산지나 제작연대를 뜻하는 간지, 납품을 받는 관아명이나 궁명 등이었다. 뿐만 아니라 물건의 등급도 '별', '갑', '상', '진' 등으로 표시해 놓았다.

우린 그 기호를 통해 그들의 역사를 유추한다. 그것이 있음으로 얼마나 명쾌한가. 수백 년이 지나도 말이다. 그걸 모르고는 그것들의 역사를 완전히 풀어내기 어렵다. 난 그들을 기록하고 있는 중이었다. 이름이나 호칭이라는 건 쓰다가 그만두면 소멸하는 것들이지만 언제 다시 살아날 필요가 생길지는 모른다. 그때까지 누군가 전해 주어야 한다는 생각에서

였다.

이 시대가 지나면 저 말들은 땅에 묻혀버린 사금파리처럼 허공에 떠돌 것이다. '열 건', '열 눌', '열 립'... 아직 살아 있어야 하는 말들이다. 나는 꼼꼼하게 그의 말을 받아 적고 확인했다.

– 다쿠미 상은 매우 흥미로운 사람이군요. 당신을 처음 만났던 날 전차에서 봉변을 기억합니다. 옷이나 집을 말하지 않았지만 이제 당신을 이해할 듯합니다. 하지만... 저와는 다른 세계를 꿈꾸는 것은 분명하군요.

야나기를 보내고 돌아오면서 도미모토가 내게 한 말이었다. 도미모토는 분명 천재적인 감각과 열정으로 가득했다. 그와 같은 예술가를 가진 일본의 미래는 행복할 것이다. 하지만 스스로 한 말처럼 그는 단지 예술을 사랑할 뿐이었다. 조선에서 본 것은 그게 전부였을 것이다.

– 조선의 명품 하나, 소반

경성을 출발해 원산을 오가는 경원선 기차는 시커멓게 소리를 지르며 달리기 시작했다. 빽빽하게 들어 찬 승객들과 짐들로 열차는 초만원이었다. 겨우 자리를 잡고 앉았지만 마음이 무겁다. 빼곡하게 들어 선 사람들의 어두운 표정 때문이었을까. 일부러 고개를 돌려 산꼭대기로부터 하루가 다르게 가까워지는 단풍에 집중했다.

이번 출장은 조선과 중국의 국경지대에 있는 회령지역 가마터를 보기 위해서였다. 아니 그렇게 말하면 직무유기가 될지도 모른다. 다시 말하면 늘 그렇듯이 나무의 식생 조사나 종자 채취 등 산림 실태파악이다. 보고해야 할 의무가 있는 출장이었다. 아무튼 회령지역 가마터를 볼 수 있다는 생각 때문에 마음이 설레는 것은 사실이었다.

살다보면 이유야 어찌되었건 자유롭지 못해 운신의 폭이

줄어들 때가 있다. 살기 위해서 고향을 등지는 일도 있을 것이다. 이건 내 이야기가 아니다. 나는 언제든 돌아갈 고향도 있고, 이제 그런 것에 갈등하고 있지도 않다. 이 열차 속에 몸을 실은 사람들을 생각해 본 것이다

그것이 그들의 운명인지는 알 수 없다. 조선에 와서 알게 된 것으로 보면 그들 스스로 선택한 것이 아니라는 점은 분명했다. 운명이라기보다 누군가가 연출하는 극에 캐스팅 된 것이다. 오늘 경원선을 탔던 사람들은 대개 비극에 출연한 인물이 될 듯도 했다. 그것도 운명이라면 운명일 테지만, 자기 나라를 떠나야 하는 역할을 맡은 것이었다.

내 곁엔 가족처럼 보이는 사람들이 서 있었다. 가을이 깊어가는 데도 꾀죄죄한 몰골을 한 세 아이의 옷은 아직 짧은 팔이었다. 옆에 선 중년의 부부가 눈을 떼지 않고 있는 보따리 두 개는 그들의 세간이나 얼마간의 식량일 것이다. 모양새로 봐서 집을 떠나는 것이 한 눈에 드러난다.

그들 보따리에 새끼줄로 동여맨 소반 하나가 눈에 들어왔다. 천으로 싸지도 않아 모습이 그대로 드러났다. 천판은 가장자리만 남기고 안을 파냈고, 다리에 중대가 있는 것으로 보아 통영반이었다.

– 경상도에서 오늘 길입니까?

갑작스런 나의 물음에 중년의 사내는 대답 대신 불안한 시선을 주었다. 경성을 벗어났는데도 경상도란 말이 쉽게 나오자 당황했을지도 모른다. 생면부지의 사람끼리 만들어내는 장면이기도 할 것이다. 일본인이 구사하는 조선말 때문인지도 몰랐다. 나의 조선옷과 조선말 사이에는 아직 경계가 있다는 것을 알고 있다.

– 그런데예, 와그랍니꺼?

– 별 것은 아닙니다. 미안합니다만 저 상을 좀 살펴봐도 되겠습니까?

– 마, 그리하이소.

사내는 선선히 응했다. 이 콩나물시루 같은 데서 무얼 의심한다는 게 우스울 판이니 그런 모양이었다.

분명 소나무로 제작한 통영반이었다. 통영반이야 많이 보았던 터인데, 시선을 잡아끈 것은 천판이었다. 전문적으로 소반을 제작하는 장인의 솜씨가 아니었다. 천판은 보통 네 귀 부분을 볼록하게 한다든가 옴팍하게 깎아 멋을 내는 게 보통인데 이것은 달랐다. 분명 어떤 사람이 자기의 어림계산으로 제작한 듯 했다. 천판의 한 귀 부분이 도드라지게 솟아올라있는 것이 내 판단의 바탕이었다. 나무판에 아마 옹이가 있었던 모양이다. 그걸 빼내버리자니 한 귀에 구멍이 터질 것 같다. 결국 그대로 두어 한 귀에 타원형 옹이가 짙은 갈색으로 박혀 있는 모양이 되었다.

호박을 박아놓은 듯 재미가 있었다. 옹색한 가족의 분위기와는 어울리지 않는 훌륭한 물건이었다. 팔지 않겠냐는 말이 나오는 것을 겨우 참았다. 얼토당토 않는 생각이었지만 그만큼 탐나는 물건이었다. 자기나라를 떠나는 여정에 끼워 넣은 상이 아닌가. 남는 것이라곤 고향의 소나무로 만든 이상, 어쩌면 그것이 이국땅에서 그들의 유일한 고향풍경이 될 지도 모른다.

– 직접 만드셨군요?

확신을 가지고 물었다. 사내는 신통하다는 듯 눈을 반짝거렸다. 일본사람이 그걸 지적할 리는 없을 거라 생각했을 것이다.

– 맞기는 맞십니다만 지가 아입니더. 울 아부지가 만든 깁니더.

그랬을 것이다. 들기름을 먹이고 생칠을 했는데, 닦으면 반들반들 윤이 날 것 같은 연륜이 숨어 있었다. 나는 내 나름의 공예품 판단기준을 가지고 있다. 그 물건의 10년, 20년 전의 모습을 보는 것이다. 물건이란 어느 것이든 사용하면 흔적이 남게 마련이다. 찻사발을 비롯한 도자기도 그렇고, 금

속용기나 목제 가구도 예외가 아니다.

흔적이 추해지는 것이 있는데 비해, 이처럼 오히려 반짝이며 윤기로 살아나는 것이 있다. 시간을 속일 수는 없다. 시간은 명품이 갖추어야 할 조건 중의 하나다. 그래서 낡아갈수록 아름다워지는 것이 명품이다.

조선사람들 중엔 농번기엔 농기구라든가 개다리소반을 비롯한 상을 직접 만드는 재주를 가진 사람들이 많다. 재주라기보다는 필요에 의해 생겨난 거라 할 수 있다. 그런 공예품들에 얽매임이 없는 대담함이 숨어 있어 볼 때마다 경이롭다. 그들은 자를 대고 치수를 재지 않았다. 재료가 가진 성질대로 짜 맞추는 것이다. 이 소반이 그런 것이다. 이것도 분명 시간이 지날수록 명품이 되어갈 것이다.

소반은 조촐한 식탁이지만 늘 다섯 식구가 머리를 맞대던 이 가족의 구심점이었을 것이다. 앞으로도 그럴 것이다. 또 하나의 가족이다. 조선사람들은 고향을 떠날 때 소반을 빠뜨리는 경우는 보기 어렵다. 가치로 따져서 챙기는 것이 아니라 저들의 곤고한 삶의 일부라서 그럴 것이다.

조선의 소반에 대해 두 가지의 감정이 교차하는 걸 느끼고 있다. 청자나 백자는 중국으로부터 조선에 전해졌다. 그렇지만 이들은 또 다른 감각으로 이 세상에 유일한 상감청자를 만들어냈다. 조선의 백자는 또 얼마나 따뜻하고 여유롭고 정감이 있는가. 그들만의 것이다.

소반도 마찬가지다. 오히려 소반이야말로 생활방식의 차이에서 오는 조선만의 특징이 가장 잘 드러난다. 앉아서 생활하는 조선의 생활 방식이 반영되어 있으면서도 예술적인 감각을 갖춘 공예품이다. 조선의 소반은 순박하고 단정한 자태를 지니며 일상생활에 친숙하게 봉사한다. 또한 세월과 더불어 우아한 멋을 더해가므로 올바른 공예의 표본이라고 해야 할 것이다. 그래서 조선의 소반을 사랑한다.

뛰어난 공예품이기도 했지만 두려움과 슬픔도 그 계기가 되었다. 자연미가 몸에 배어있던 조선사람들은 삶이 피폐해지기 시작하자 이 아름다운 소반을 잊기 시작했다. 젊은이들은 구닥다리 유물처럼 바라보고 있다. 소반의 문제만은 아니지만 이미 산업화라든가 대량생산을 외치는 분위기가 힘을 얻고 있다. 청자 제작공장처럼 넓은 영역까지 번져오고 있다.

… 우리 조선 문화는 한없이 추락하고 있다. 그런 증거는 종로 한 복판에 아직도 구식 반상을 파는 가게들이 있다는 것이다...

놀랍게도 이렇게 한탄하거나 우려를 표하는 사람도 있다. 경제적 가치로만 환산하고 있다. 낡은 것과 오래된 가치를 구분하지 못한다. 난 그런 사람들에게 들려줄 말이 있다.

'아무리 바보 같은 인간이라 하더라도 그 행동을 일관성 있게 고집하면 현명한 사람이 될 것이다'고 시인 윌리엄 블레이크는 말했다. 어떤 일이건 싫증내지 않고 한 가지 일만 한다면 그 사람은 행복할 것이다. 다른 이들도 그런 사람들의 은혜를 입게 될 것이다.

언제부턴가 자본이라는 것에 유린당하고 있다. 자본에 맞서는 노동을 말하는 것이 아니라 자본에 휘둘리지 않아야 한다. 남의 것을 무작정 흉내 내지 말고 자기 속의 보석을 찾아야 한다. 아무리 그래도 이건 내 위치에서 바라보는 안타까움에 불과할 일일 뿐이겠지만.

그때 기억으로 스케치 한 소반을 가만히 본다. 가족의 얼굴이 생생하게 떠올랐다. 그 가족은 어찌 되었을까. 소반을 짊어진 사내의 가족은 분명 국경을 넘었을 것이다. 자기 나라를 떠났을 거란 말이다. 그건 어제 오늘 일이 아니니 짐작하기란 어렵지 않다. 만주든 간도든 무사히 자리를 잡았을까. 아버지로부터 물려받은 소반에 둘러앉아 그간의 회포를 풀고 있을까. 그들은 제 스스로 고향을 등진 것이 아니었을 것이다. 어디에든 뿌리를 내리고 솟아나 코 묻은 아이들에게 아비의 소반이 아니 할애비의 손길로 다듬은 소반이 전해질 수 있기를 바랐다.

서늘한 밤바람이 문풍지를 때리고 있다. 저 너머는 벌써 겨울이 왔을 텐데, 마음 한 구석이 시려온다. 그들을 떠올리며 오늘밤엔 「조선의 소반」 원고를 탈고해야겠다고 마음먹었다. 내 원고가 저들의 소반처럼 역작이 될 리는 없겠지만 그들의 명품을 기록하는 영광이 된다면 그만이다.

다쿠미가 극찬한 개다리소반

– 도자기, 이름이라도 남길 일

드디어 시작되었다. '조선민족미술관'으로 가는 길을 열었다. 1922년 10월, 우린 아직 설립이 되지는 않았지만 그 미술관 이름으로 황금정 – 을지로 – 조선귀족회관에서 조선도자기 전람회를 열었다. 모두 4백여 점의 도자기를 전시했다.

기법에 따른 진열은 도미모토 겐키치富本憲吉가, 연대별로는 역시 노리다카 형이 맡아야 할 일이었다. 나는 쓰임에 따라 분류하고 진열했다.

– 저것 보게. 막걸리 생각이 나잖나?

한 사내가 특별한 무늬 없이 백토를 물감 삼아 거친 붓으로 두어 번 거칠게 돌린 귀얄분청 술병을 가리켰다. 동행인 듯한 사람이 면박을 주었다.

– 어허 이 사람, 고작 생각하는 게 그것인가 쯧쯧. 이 백자 항아리 좀 봐. 언제 이런 것 본 적이라도 있었나?

– 하긴 그려, 나도 이게 조선에서 만든 것인지 믿을 수가 없네. 저런 것들이 어디에 숨어 있다가 나온 거지?

조선민족미술관은 장소를 제외하면 계획대로 진행되어가고 있다. 이번 전시회는 조선사람들에게는 매우 이색적 행사였다. 이 땅의 사람들이 이 땅에서 태어난 미술품을 신기한 듯 바라보았다. 사람들은 난생 처음 보는 것에서부터 늘 사용하던 공예품들이 의젓하게 자리 잡은 걸 보며 뿌듯함을 느끼는 듯했다. 청화백자진사연꽃무늬항아리 같은 훌륭한 백자를 보면서 입을 다물지 못했다. 그게 사람들의 입소문을 타고 나가 천 명이 훨씬 넘는 사람들이 관람했다.

박물관에서 전시하는 것도, 경매처럼 거래를 목적으로 하는 것도 아니었고, 무슨 지원을 받는 것은 더더욱 아니었다. 야나기와 형, 도미모토나 아카바네 오로 등 몇몇의 힘으로 이룬 쾌거였다.

이번 조선도자기전람회를 열면서 여러 강연도 준비했다. 노리다카 형은 조선도자기의 가치나 변천에 대한 내용으로 '조선도자기의 역사', 미학자이자 미술평론가인 야나기는 '색의 조화, 형의 정돈', 도미모토는 '기교'라는 주제를 가지고 강연을 할 계획이다. 내가 강연한 주제는 '조선인이 사용하는 도자기의 이름'이었다.

—— 오늘 조선의 도자기들은 자신을 향한 눈길에 깜짝 놀랐을 것입니다. 자신들의 존재감도 새롭게 느꼈을 것입니다. 보는 분들도 뿌듯해 했으며, 저도 조선도자기의 미래를 여기에서 찾을 수 있었습니다. 그런 뜻 깊은 자리에서 조선의 도자기에 대해 이야기 하게 되어 무척이나 기쁩니다.

일본의 도자기는 조선으로부터 건너갔다는 것은 세상 사람이 다 아는 것입니다. 일본에는 몇 백 년 전부터 시작된 차문화가 지금도 왕성합니다. 차를 마실 때에는 여러 가지 도구가 필요합니다. 그 가운데에서도 중심이 다완茶碗, 즉 차사발입니다. 조선의 사발은 일본 다도에서 대단한 인기를 누려 왔습니다. 그것들은 원래 일본에서 사용하려고 만든 차사발이 아니었습니다. 예를 들어 조선의 밥그릇이 일본으로 가서는 차사발이 되기도 했다는 것입니다. 물론 뒤에는 차사발로 주문을 해서 가져간 것들도 많습니다.

일본에서는 그들을 합쳐서 '고려다완'이라 부릅니다. 하지만 고려시대의 것이라 생각하면 잘못입니다. 대부분의 명품 다완은 조선시대의 것입니다.

다완을 일본말로 하면 '챠왕茶碗'입니다. 조선에는 예부터 자완磁碗이라는 말을 많이 사용했습니다. 사발보다는 작고, 보시기나 종지보다는 조금 큰 그릇이었습니다. 그것들이 일본으로 건너가게 되었는데, 자완磁碗도 일본말로 읽으면 꼭 같이 '챠왕'이 됩니다.

그래서 저는 이렇게 봅니다. 고려다완은 조선에서 건너가 차사발이 되었습니다. 그러다보니 발음도 같은데다가 모두 차에 사용하다보니 '챠왕茶碗'이 된 것으로 말입니다. 결국 조선에서 건너간 이름으로 유추할 수 있습니다.

도자기와 연관된 불합리한 이름의 예는 아주 많습니다. 일본의 메시구이챠왕飯喰茶碗이나 챠노미챠왕茶呑茶碗을 보십시오. 이들 도자기는 다도에서 말하는 다완茶碗과는 다른 것인데도 다완이란 이름이 붙은 것입니다. 따라서 다완茶碗이 아니라 자완磁碗이 된다면 그것이 오히려 자연스러운 것들입니다.

일본에서는 찻숟가락을 '챠시茶匙'라 하는데, 조선에서는 손잡이가 짧은 숟가락을 '사지匙'라 합니다. 또 작은 사기잔이나 작은 접시를 '쵸쿠猪口'라 하는데, 조선말에는 그것을 가리키는 '종구鍾甌'라는 말이 있습니다. 역시 비슷하지 않습니까?

어떤 사람에게 들은 이야기인데 이 또한 비슷한 맥락이었습니다. 일본말로 '도쿠리德利'는 도자기 술병酒瓶을 가리키는데, 이름과는 전혀 관계가 없는 것입니다. 그런데 조선말에 '덕德'은 '독', 즉 항아리나 옹기와 관계가 깊습니다. 옹기가마가 있었던 마을에 '덕德'이라는 단어가 많이 사용되었으니까요. 그리고 '병瓶'은 일본말로 가난하다는 '빈貧'과 발음이 거의 같아서 '병'이라는 말 대신에 다른 말을 사용하게 되었고, 결국 '도쿠리德利'가 되었다는 것입니다. 전혀 근거 없는 말은 아닌 것 같습니다.

그 외에도 조선에서 기원한 이름들이 많지만 여기서 모두 언급할 수는 없습니다. 다음에 이것을 정리하여 책으로 남길 생각입니다...

여기저기서 작은 박수가 터져 나왔다. 하지만 곧 정적이 찾아왔다. 그들의 놀람에는 자유롭지 못한 어떤 감정이 섞여 있는 듯했다.

-- 조선에는 도자기로 만든 것이 매우 많습니다. 식기에서부터 제기, 문방구, 화장용구를 비롯해 생활용품들까지 정말 다양합니다. 거기에는 종류별로 혹은 각 부분의 이름들이 있습니다. 제기를 예를 들면, 편과기, 편틀, 탕기, 모사기, 시접, 준, 작, 향로, 보궤, 사기마 등등 모두 자기로 빚은 것들입니다.

물론 서민들이 애용했던 독, 소래기, 중두리, 뱃탕이, 물드무, 물동이자리, 벗치, 두멍, 식소라, 자박이, 옹박이, 푼주,

귀대야, 전대야, 동방구리, 합뱃두리 등의 옹기도 다양하기 그지없습니다. 역시 제가 정리하고 있는 것들입니다...

일본말로 강연을 하고 있었지만, 어쩌면 일본인들이 알아들을 수 없는 강연이라 할 수도 있을 것 같았다. 나는 사금파리 하나를 집어 들었다.

-- 이젠 마무리를 해야겠습니다. 이것은 얼마 전 가마터에서 주워 온 백자 사금파리입니다. 많이 다듬어야 할 것 같은 생각이 드는 예쁜 사금파리지만 도자기의 어떤 부분인지는 확실하지는 않습니다. 제 공부가 부족해서 그런지 추측하기가 쉽지 않군요.

여러분, 혹시 이 사금파리의 원형이 사라지지는 않았을까요? 불행하게도 그렇다면 존재 자체가 사라졌다는 뜻일 겁니다.

이름이란 대체 무엇입니까? 이름은 뿌리이며 존재의 근본입니다. 조선 도자기든, 소반을 비롯한 목가구든 그것들이 태어날 때 얻은 이름들이 있습니다. 이름을 불러주고 손때를 묻혀 갈 때는 그것의 소중함을 잘 느끼지 못합니다. 그렇지만 이름을 잃고 나면 존재 자체가 송두리째 사라질 것입니다.

그래서 저는 그들이 가지고 있는 모양과 이름을 기록하려 하는 것입니다. 제가 정리를 한다고 했지만 틀리는 것도 있을 것이며, 혹 지역마다 달리 불리는 것들도 있을 것입니다. 그것은 또 앞으로 누군가가 해내겠지요.

어떤 사람은 제가 조선 도자기에 대해 집착한다거나 치우쳐 있다고 생각할 수도 있을 것입니다. 하지만 이것은 보다 근본적인 접근이 필요한 일입니다.

지금 일본에서 명품으로 인정하고 있는 수많은 고려다완의 이름을 생각해 보십시오,

이도, 와리고다이, 이라보, 하케메, 호리미시마, 고모가이, 카다테, 오코라이, 긴카이 등등 얼마나 많습니까. 그 중에는 '긴카이 – 김해金海 –'처럼 뿌리를 알 수 있게 하는 이름들도 있지만 터무니없이 붙여진 이름도 많습니다. 그들은 일본으로 건너간 후, 누군가에 의해 근본을 알 수 없는 이름을 얻은 것입니다. 일부러 감추고 싶은 게 아니라면 바람직한 일이 아니라고 봅니다.

외국의 어느 박물관에는 고려시대의 청자 요강을 '안주 사발肴鉢'이라는 이름을 붙여 놓았다고 하지 않습니까? 요강을 안주 사발로 사용하는 것이야 누가 뭐라 하겠습니까마는 존

재의 본질을 한참이나 벗어난 셈이죠.

조선의 것이 우월하다는 걸 밝히자는 것이 아닙니다. 조선에서 건너갔으니 그것의 본래 이름을 알아야 일본에서도 명품의 본질을 잃지 않을 것입니다. 그건 모두를 위한 일이라고 생각합니다...

10월이었지만 밤공기가 오히려 부드럽게 감겨왔다. 강연을 마치고 나오면서 야나기가 나에게 농담 섞인 말을 했다.

– 언제 그렇게 조선의 생활 구석구석을 돌아보았는지 궁금하군요. 다쿠미, 혹시 직무태만으로 징계 받는 건 아니겠지요? 하하하.

하긴 아니라고 할 수도 없을 것 같았다. 아무려면 어떤가. 조선 땅을 밟은 후 상상하지도 못했던 밤이 지나고 있다. 조선민족미술관이 태동하고 있다.

다쿠미와 마지막 대화

오늘 아사카와 다쿠미를 보낸다. 그의 영혼을 처음 만났던 날처럼 하늘은 맑았고 보름으로 가는 달은 보다 풍만해졌다. 다쿠미는 자신의 묘지석을 응시하고 있다.

- 지난밤 조선의 소반과 도자기를 말씀할 때 눈물이 날 듯했습니다. '지금 하지 않으면 사라지게 될' 것이라 했습니다. 읽어내기 어려운 구절이었습니다. 아무도 하지 않았던 일이지만 아무나 할 수 없었던 일이었나 생각하니 더욱 그렇습니다.

다쿠미는 또 조선도자기를 연구한 책에서는 이렇게 썼다.

… 난데없이 불쑥 끼어든 일본인으로서는 정확성을 기대하기가 어렵다. 그러나 도자기의 이름들이 점점 사라지는 형편이라 더 이상 방치해 둘 수 없다. 일단 한데 모아 둠으로써 안목 있는 사람의

가르침을 받는 데도 편리하리라 생각하여... 이 책은 너무도 가까운 친구였으며, 나를 존재하게 한 조선 친구들의 사랑에 대한 기념이다...

- '방치할 수 없다'는 절박함을 제대로 이해할 수 없으니 무어라 표현해야 할지...

- 그렇다고 아쉬움이 사라지지는 않는군요. 함께 하고 싶었던 것들, 기록해야 할 것이 즐비했으니 내 안타까움마저 불만스럽소. 하지만... 그게 전부가 되어버렸군요.

- 그것도 운명이라면 운명일 겁니다. 사실 선생님의 기록도 기록이지만 전 선생님의 마음을 남기고 싶습니다... 오늘 마지막 날입니다. 저길 보십시오.

묘지석 맞은 편 네모 난 추모비에는 이렇게 새겨져 있다.

-- 한국의 산과 민예를 사랑하고 한국인의 마음 속에 살다간 일본인, 여기 한국의 흙이 되다.

다쿠미는 한동안 말이 없더니 천천히 입을 열었다.

- 그렇군요… 함께 살면서도 손 한 번 제대로 내밀지 못했던 이름 모를 사람들이 떠오릅니다.

언젠가 추위가 기승을 부리는 1월 관악산 가마터 순례 때였습니다. 마침 마른 나뭇잎을 긁어 지게에 지고 오는 젊은이를 만났습니다. 사금파리를 줍는 우리를 보더니 그런 것이 많은 곳을 안다고 해 안내를 부탁했습니다. 그때 젊은이의 친구들과 맞닥뜨렸는데 친구들은 큰일이 난 양 두려워했지요. 이유를 알고 보니 양복 입은 일본인들과 동행하는 것을 보고 친구가 몰래 땔감을 하다가 산지기에게 잡혀오는 줄 알았다는 것입니다.

사람들은 때때로 산지기에게 당하는 모양이었습니다. 겨울을 나기 위해 마치 쥐새끼처럼 몰래 가슴을 졸이면서 땔감을 구하러 가는 모습을 상상했습니다. 산간에 사는 사람들은 조상 대대로 그 지역에서 땔감을 구하며 살았을 텐데 어느 순간 제지당했을 때의 심정을 말이오. 겨울철에 땔감이 없으면 어떻게 하라는 것인지…

부업공진회에서 안내를 하던 조선소녀들도 기억나는군요. 그들은 일본인 안내여성이나 수위들보다 훨씬 교양이 있었지만 '요보들은 쓸모가 없어'라는 말을 밥 먹듯이 듣고 살았지요. 그런 대접을 받으면서도 일요일에 청량리 내 집으로 놀러오고 싶다고 말하던 그녀들의 맑은 미소를 잊을 수가 없군요.

그들은 그 시절을 어떤 마음으로 살았을까요? 왜 사람들이 다른 눈높이를 가지게 되었을까요? 그들과 하등 다를 게 없는 필부가 던지는 부질없는 물음입니다.

– 첫 날, 선생님의 시간은 영원하다고 하셨죠? 이렇게 마음속에 남은 앙금이 만들어낸 말씀인 듯 다가옵니다만.

– 그렇다고 할 수 있소. 짙은 아쉬움과 안타까움 때문이겠지요. 형과 나의 길, 민족이나 국가의 길, 우리들의 길이 다르지 않는 날을 기다립니다. 그때면 영원하다던 내 시간도 비로소 끝이 나겠지요.

– 네, 선생님과 만남이 바로 거기에 있습니다. 꼭 그렇게 되길 기도하겠습니다. 마지막으로 이 밤에 희망을 이야기해 주십시오.

다쿠미는 고개를 끄덕였다.

– 희망을 빚다

조선도자기전람회는 낯선 행사였다. 자신들의 미술품을 보는 눈들은 빛났다. 난생 처음 보는 것이지만 평생에 한 번 보지 못했을 지도 모르는 제 나라의 물건들과의 만남을 지켜보는 내 마음은 미묘했다. 강연이 끝난 다음 날 아침이었다.

– 다쿠미 선상님 안에 계십니꺼?

호림이 목소리였다. 문을 여니 호림이와 서대장이 마당에 들어서고 있었다. 서대장은 물레 기술이 뛰어난 광주 분원의 조기대정이었다. 그래서 서대장이라 불리었다. 백천수 어른 밑에서 일했는데 분원이 문을 닫고 나서 분야는 달랐지만 옹기가마를 열었다. 김치나 된장을 담는 독뿐만이 아니라 술병, 뚝배기, 떡시루에다 오줌장군까지 서대장의 손에서는 어려운 게 없어 보였다. 틈틈이 그의 가마에 들러 많은 도움을 받았다.

일행은 그들만이 아니었다. 뒤이은 사람은 놀랍게도 백천수 어른과 손녀 소담이 아가씨였다.

– 어르신 어서 오십시오.

– 자네, 나를 알아보겠는가?

백천수는 예의 두루마기에 흰 수염을 날리며 활짝 웃었다. 첫 강진 나들이 후 한 번 더 찾아뵌 적이 있지만 내 집에 나타나리라고는 꿈에도 생각하지 못했다.

– 어찌 경성에 계십니까?

– 그럴 일이 생겼다네. 경성에 온 지 제법 되었다네.

– 어서 방으로 드십시오.

– 이게 자네 집이란 말이지. 좀 둘러봐도 되겠나?

– 집이 어지럽습니다만...

내 집은 고물상에 가깝다. 장독대는 옹기로 넘쳐나고 구석구석 잡동사니였다. 그는 마당을 둘러보고 뒤꼍까지 찬찬히 돌아보더니 얼굴이 굳어졌다. 강진이나 하동, 광주 등에서 주워 온 청자나 백자 등 수북이 쌓인 사금파리를 보고는 한동안 서 있었다.

– 허 참, 자네는 나를 몇 번이나 놀라게 하는군 그래.

방으로 들어 온 백천수는 장롱이나 서안, 소반들에 시선을 주며 말했다.

254

– 그런데 이 많은 수집품을 어찌할 생각인가. 자네 고향으로 가져갈만한 건 그리 많지 않은 듯한데…

그럴 생각은 해보지 않았다고 튀어나오는 말을 삼켰다.

– 네, 그냥 그저… 아직은 뭐라 말씀드리기가 그렇습니다.

대신 조선의 소반에 대해 정리한 원고를 손녀에게 보여주었다. 그녀는 서문을 읽더니 할아버지에게 또박또박 전했다.

… 내가 기록한 것은 계통적으로 연구를 하거나 제대로 고증을 거친 것이 아니다. 조선사람들과 함께 어울린 덕분에 쓰게 된 지극히 통속적인 서술에 지나지 않는다… 지금 하지 않으면 더 많은 소반이 사라지게 될 것을 염려하여 일단 기록하게 되었다…

– 허허허 참. 이걸 어찌하나. 바늘방석이 따로 없구만. 어제 강연을 잘 들었네만 오늘에서야 자네 뜻이 더 분명해지는구만.

– 부끄럽습니다만 그리 생각해 주시니 감사합니다.

– 어허 무슨 그런 말을. 부끄러운 건 날세. 뜬금없는 이야기겠지만 왜 이 아이의 애비가 없는 줄 아나?

– ….

– 아니 없는 건 아니지. 애비는 수백 년 간 사기장이었던 가문을 잇지 못했지. 도자기 대신에 조선 독립을 위해 총을 들었다네. 그 선택은 틀리지 않았다고 생각하네만 난 무기력하게 이것저것 탓만 하고 있었네. 자네의 이야기를 듣고 얼굴이 몹시 달아올랐다네.

– 그렇습니다 어르신. 어제 다쿠미 씨가 했던 이야기가 많은 사람들의 입에 오르내리고 있답니다.

서대장이 거들었다.

– 자네의 그 작업이 얼마나 눈물겨운 이야기들로 남을지 미루어 알 듯하네. 내가 어떡하면 좋겠나. 뭐든 도울 일이 있다면 손을 보태고 싶네만.

– 그렇게 봐 주시니 고맙습니다. 아직 말씀드리기가 뭣합니다만 사실 어떤 일을 계획하고 있습니다. 지금 열고 있는 조선도자기 전람회도 같은 맥락입니다. 때가 되면 부탁을 드리겠습니다.

– 제발 그래 주게. 무슨 일이든 하고 싶네. 이젠 가 봐야겠네.

마루를 내려서는 그들을 보다가 문득 생각나는 것이 있었다.

– 어르신 잠시만... 소담이 아가씨에게 드리고 싶은 것이 있습니다. 선물이 될지는 모르겠지만.

방에서 가져 온 보따리를 풀었다. 어른의 눈이 번뜩였다. 깨진 청자 조각이었지만 하나는 머리 부분이, 또 하나는 몸통부분이 온전했다. 깨어져 달아난 부분은 나무로 깎고 다듬고 끼워 맞춰 한 쌍을 만들었다. 이젠 향로도 연적도 아닌 두 마리의 원앙이 되었다.

– 어쩜, 예쁘기도 해라.

소담이 아가씨가 탄성을 질렀다.

– 어르신 쓸데없는 짓을 했다고 나무라셔도 좋습니다. 하지만 장난스럽게 한 건 아니란 점을 말씀드립니다.

– 그게 무슨 소린가. 다시 말하지만 자넨 사람을 놀라게 하는 재주가 보통이 아닐세. 그런데 전에 내가 청자의 운명을 말했던가.

– …

처음 만났을 때 그가 말했던 '은폐와 유폐'라는 말, 어찌 잊을 수 있겠는가.

– 이젠 아닌 것 같네. 청자의 운명은 바뀌어야 할 듯하네.

어른은 손녀를 지긋이 들여다보았다.

– 어서 가자 할 일이 많겠구나.

… 어르신, 이 땅에서는 사금파리조차 묻혀 있어서는 안 됩니다. 그들은 비록 깨어져 있지만 묻히고 잊힐 것이 아닙니

다. 지금은 빛을 수 없는 신비의 걸작이 아닙니까? 부디 청자의 숨결을 아니 조선 도자기의 숨결을 이어 주십시오.

골목을 돌아가는 그들의 뒷모습에 발하는 빛을 보았다. 내가 백천수 어른에게서 찾으려고 했던 희망의 기운이 아니었을까.

– 최초의 민간 박물관, 조선민족미술관이 서다

1920년 5월 4일, 종로에 있는 3층짜리 기독교청년회관에 사람들이 몰려들기 시작했다. 조선에서 처음으로 서양음악회가 열리는 날이었다. 조선사람들이 생각보단 많았다. 동아일보가 주최한 이 음악회는 그런 이유로 사람들의 비상한 관심을 끌었다. 음악회의 주인공은 야나기 무네요시의 아내인 앨토 가네코였다. 이번 공연을 위해 일본 유학시절 야나기와 인연을 맺은 시인 남궁벽과 '폐허' 동인들이 애를 많이 썼다.

1,300여명을 수용할 수 있는 객석을 모두 채우고도 자리가 모자랐다. 가네코가 기모노를 입고 노래를 불렀다. 서양의 오페라를 처음 접하는 조선사람들에게는 낯설고 신기한 행사였다. 프랑스 오페라 '미뇽'으로부터 슈베르트의 가곡,

베버의 '마탄의 사수'가 이어졌다. 난생처음 들어보는 벨칸토 발성의 풍부한 음량이 연주회장을 가득 채웠다. 민요나 판소리를 들어오던 사람들의 놀라움은 컸다. 여성이 보여주는 연주라는 점도 조선사람에겐 충격인 듯 했다. 일본에서도 여성은 남성에 비해 위치가 낮지만 새로운 분위기가 형성되고 있었다. 비제의 가극 '카르멘' 중에서 '하바네라'도 이어졌다.

음악회는 대성공이었다. 사람들은 뜻을 알아들을 수 없었지만 분위기로써 충분한 듯했다. 사랑과 이별, 슬픔과 기쁨을 전하는 것이 굳이 언어의 몫은 아니었다. 청중들의 열광에 우리들도 흥분했고 들뜬 기분으로 뒤풀이를 시작했다.

분위기에 단단히 고무된 야나기는 앞으로 조선 공연을 계속 해야겠다고 공언을 했다. 그것은 조선과 일본 모두를 위한 바람직한 일이다. 가네코의 노래가 끝날 때마다 환호하고 박수를 아끼지 않는 그 순간 조선인과 일본인의 구분은 없었다. 모두들 잔을 들어 야나기의 말에 힘을 실었다.

술이 몇 순배 돌고 이야기는 공예 쪽으로 이어졌다. 이야기 주도권은 자연스레 노리다카 형에게 돌아갔다. 형은 도자기, 특히 가마터에 대해 전문가가 되어가고 있었다. 형도 가끔은 조선옷을 입고 다니는데, 조선민족을 낙천적이고 해학적이라 말하곤 했다. 나는 머지않아 형이 '조선도자기의 신'이 될 거라 믿고 있다.

– 노리다카 선생님은 보통사람은 엄두도 못 낼 일을 하시는군요. 그 많은 가마터를 어떻게 조사하시려고?

남궁벽의 말이었다.

– 내가 좋아 하는 일이니 어쩔 수 없지 않은가. 귀신에 씌었나 보지 뭐. 아님 조선식으로 역마살이라도 낀 건가 하하하.

– 직장까지 팽개쳤으니 역마살일지도 모르겠네요. 야나기 선생님 그렇지 않습니까?

남궁벽은 야나기에게 유난히 깍듯하게 대했다. 일본 유학 시절에 야나기에게 많은 도움을 받았다고 들었다.

– 글쎄 그런 건 모르겠지만 조선도자기에 대한 집중력만은 누가 따르겠소. 일본 가마터까지 연구한다니 놀랄 따름입니다. 어쨌거나 조선 도자기는 나에게도 충격 이상이었소. 헌데 다쿠미 상이 있어서 조금씩 갈피를 잡아가고 있다고 해야 할 것 같군요.

– 그게 무슨 말씀입니까, 야나기 선생님?

야나기가 내 이름을 거론하자 모두들 놀라는 눈치였다.

– 말하자면 그렇소. 다쿠미의 집에는 조선의 공예품이 수

백 점이 있지요. 알다시피 쌓여 있다는 게 적절한 표현일 겁니다. 처음엔 다쿠미가 왜 도자기나 소반, 장롱, 서안, 사방탁자, 도자기, 옹기 등을 닥치는 대로 수집하는지 매우 궁금했지요. 흔한 수집가들은 값비싼 청자나 귀한 불상이 아니면 쳐다보지도 않는데...

야나기는 잠시 말을 끊고 술잔을 다 비웠다. 모두들 야나기에게 시선을 모으고 있었다.

– 그거야 우리 모두가 잘 아는 사실입니다만...

그는 남궁벽을 보고 싱긋 웃더니 말을 이었다.

– 물론 공예에 대한 심미안 때문이겠습니다만... 그보다는 그들에 대한 남다른 마음이 있었다는 걸 알았지요. 고미술 수집이 아니라 사라지는 것에 대한 안타까움으로 전해왔소. 소박하면서도 실용적이고 아름다운 것들을 돌보지 않는 현실에서 말이오. 그건 조선사람들도 마찬가지지요. 그렇지 않소 다쿠미?

– 야나기 상, 듣기에 좀 민망합니다. 무슨 말씀을 하시려고?

아예 대놓고 나를 추켜세우는 형세라 거북했다.

– 좋습니다. 이제 말씀드리죠. 전 이 자리에서 조선 민간 미술관을 세울 것을 제안합니다. 오로지 조선의 미술품을

대상으로 한 미술관 말입니다.

– 미술관을 건립한다구요?

정말 의외의 제안이었다. 술이 확 깨는 기분이었다.

– 그렇소. 경성에서 아니 조선에서 처음으로 민간미술관이 생겨나는 것이죠.

– 왜 그런 생각을 하게 되셨죠?

염상섭은 기자답게 구미가 확 당기는 모양이었다.

– 듣기에 이상할지 모르겠지만 저는 지난 5년 동안 조선의 공예품에 빠져있었습니다. 지치고 힘들 때 그들을 보면서 마음을 달래곤 했소. 말 못하는 기물에도 마음이 있지요. 거기에는 그 민족의 맥박이 뛰고 피가 흐르고 있습니다. 그들과 대화를 하면 그 민족이 무엇을 원하고 호소하는 지 알 수 있습니다. 깊은 사유에 빠진 미륵상과 쓸쓸한 선으로 흘러내린 청자를 본 사람이라면 그 민족에게 냉담할 수는 없을 것이오. 그런 것이죠. 일본인의 감성은 예술에 민감하다고 생각하는데 조선의 훌륭한 작품을 보면 아마 따뜻한 감성이 살아날 거라고 보기 때문입니다.

야나기는 긴 이야기를 진지하게 이끌었다. 지금까지 야나기가 보여 준 생각 속에는 조선민족은 쓸쓸하고 가난하고 슬픔의 역사를 지닌 민족으로 전제하거나 어떤 시혜의식이 개입하는 뉘앙스가 있지만, 야나기는 조선의 예술을 사랑하고 있었다. 그리고 평화를 바라고 있었다. 나는 그것만으로 충분하다고 생각했다. 야나기는 지금 미술관을 도쿄가 아닌 경성에 세우겠다고 하지 않는가. 그렇게라도 하지 않으면 조선의 명품들은 모조리 일본으로 건너가고 말 것이다.

– 정말 놀랍고도 놀라운 계획입니다. 야나기 선생님.

염상섭은 흥분하는 기미가 역력했다.

– 아니오, 아니오. 그것은 사실 이 사람 이야기일 지도 모르죠.

야나기는 손사래를 치며 또 나를 가리켰다.

– 이미 다쿠미는 그 일을 시작했습니다. 나는 알고 있소. 그것들을 구입하는데 얼마나 많은 돈과 시간을 들이고 있는지. 그리고 어떤 대가를 바라고 하는 일이 결단코 아님을 말이죠. 사실 조선 최초의 민간미술관은 이미 건립되었소.

– 네? 그게 무슨 말씀인지…?

야나기의 말에 모두 서로의 얼굴을 보았다.

– 다쿠미의 집이 바로 그것이오. 난 지금 확장 이전 계획을 말하고 있는 건지도 모르겠군요 하하하. 그럼 축하하는 의미에서 건배 합시다.

야나기는 유쾌하게 웃으며 잔을 들었고, 다들 얼떨떨한 표정으로 술잔을 비웠다.

– 좋은 제안이긴 하지만 엄청난 자금이 필요할 텐데요.

가만히 듣고 있던 노리다카 형이 입을 열었다.

– 맞소, 우리도 차려놓은 밥상에 숟가락만 얹어서는 안 되겠지요. 우선 제일 큰 문제가 해결 되지 않았소? 의지만 있으면 안 될 것이 없다고 봅니다. 이번 제 아내의 공연은 흥행적인 측면에서 보면 대박입니다. 수익금 전체를 미술관 건립에 기부하는 것으로 이 일을 시작하겠습니다. 다쿠미 어떻소, 내 생각이?

– 야나기 형, 놀랍습니다. 그런 생각까지 하시다니. 일본과 조선을 함께 묶을 수 있는 것은 당연히 문화예술이 제격입니다. 제가 수집한 모든 것을 흔쾌히 내놓겠습니다.

– 그럴 줄 알았어요, 모든 기획은 다쿠미가 알아서 해 주고, 작품 수집은 저도 하겠지만 형제분의 안목을 따를 사람이 없으니 두 분이 그것도 맡아 주세요. 수집에 필요한 자금은 마련되는 대로 보내겠소. 그리고 가능한 한 자주 경성에 올 것이오.

장소에 대한 논의도 있었지만 그것까지 결론 낼 수는 없었다. 자금 모금과 함께 장소를 물색하기로 했다. 그것도 야나기가 맡기로 했는데 매우 자신에 차 있었다. 사이토 총독은 해군 소장을 지낸 야나기 아버지의 후배라 자기에게는 호의적일 거라 생각하는 듯했다.

– 우선 이 기획을 곧바로 세상에 알릴 것입니다. 가능하다면 조선이나 일본에서 미술전람회를 자주 열어 홍보도 합시다. 참, 미술관 이름이 필요할 텐데 무엇이라 하면 좋겠소?

– 조선 미술품을 대상으로 하니까 조선미술관이 무난하지 않습니까?

남궁벽이 먼저 제안했고 다들 잠시 생각에 잠겼다.

– 그것도 좋습니다만 민간 차원의 미술관이라면 좀 더 인상적이고 구체적인 이름이 낫지 않을까 해서요...

모두 나를 쳐다보았다.

– 조선민족미술관[30]이라 하면 어떻습니까? 조선민족이 만들고 사용해 온 것들이니...

문제가 있을 것도 같지만 일단 미술관 성격에는 맞을 듯했다.

– 역시... 제가 생각하는 것과 같습니다. 이름에는 반드시

30) 민간 주도의 첫 박물관으로 국립중앙박물관장을 지낸 정양모 박사는 그것이 향후의 박물관 문화에 지대한 영향을 미쳤다고 평가. 해방 이후 국립민속박물관으로 이관되었다가 국립중앙박물관으로 귀속.

'조선민족'이 들어갈 수 있도록 합시다.

야나기는 의외로 쉽게 맞장구를 쳤다.

– 총독부의 반발이 빤하지 않습니까? 허용하지 않을 텐데요.

염상섭이 미간을 좁히며 물었다.

– 물론 그렇겠죠. 조선민족의 흔적 지우기에 바쁜 일본의 입장을 아니까. 하지만 일본이 국보급으로 치는 소장품들 중엔 조선의 것이 많다는 걸 알고 있소. 조선민족이 위대한 예술의 민족이라는 걸 알아야 합니다. 그게 조선을 이해하는 길이 될 겁니다. 물론 총독부에서 분명히 제동을 걸겠죠. 나한테 맡겨 주세요. 민속학이나 인류학적인 이름으로 접근하면 될 일입니다. 그보다 제가 두려운 것은 총독의 반대가 아니라 다쿠미의 반대입니다. 그렇지 않소? 하하하.

야나기는 소리 내어 웃으며 나를 쳐다보았다. 어떤 근거로 주장을 하든 그런 모습이 싫지 않았다. 미술관을 세우는 것은 단순히 사라지려는 것들을 보존하는 것만으로도 중요하겠지만 조선민족이 자기들을 알 수 있는 기회를 마련해 주는 것이다.

조선민족미술관. 집으로 오는 내내 가슴이 뛰었다. 돌아와 곳간과 방, 집안 이곳저곳에 쌓인 물건들을 둘러보았다. 하나하나 정이 가지 않는 것이 없었다. 이것들은 조선민족과 운명을 같이 해 온 물건들이었다.

얼마 후, 일본으로 돌아간 야나기는 자신이 주관하는 잡지 '시라카바'를 보내왔다. 거기엔 조선민족미술관 건립을 추진하겠다는 글이 실려 있었다.

-- 나는 조선민족미술관을 통해 조선에 대해 우러나오는 존경심을 표현할 것입니다. 이것은 결코 나 자신의 일만이 아니라 시대의 요구라고 생각합니다. 이 결단은 경성에 있는 두세 명의 절친한 벗이 함께 하지 않았으면 도저히 불가능한 일이었습니다. 그들이 보여 준 조선에 대한 동정과 조선예술에 대한 이해가 절대적인 밑바탕이 된 것입니다.

이 일을 실현하기 위하여 많은 사람들의 도움을 받고 싶습니다. 나를 믿고 또 내가 믿는 친구들을 신뢰하는 분들에게서 얼마 간의 자금이라도 얻을 수 있기를 기대합니다. 특별히 정해진 금액은 없습니다. 무리하지 않는 선에서 가능한 많은 도움을 주시기 바랍니다. 조금씩 몇 번이 되어도 좋습니다. 고맙게도 기부해 주시겠다면, 나에게 보내든가 아니면 이 일을 함께 시작하는 아래 주소의 친구에게 보내길 바랍니다.

조선 경성 서대문국 아현. 아사카와 다쿠미

나는 독자들이 조선에 대한 정의 표시로 기부하기를 원합니다. 또 이 계획을 다른 사람에게도 알려주시고, 그들로부터도 호응을 얻는다면 기쁨은 두 배가 될 것입니다. 나와 나의 친구에게 기쁜 소식이 쏟아지기를 간절히 기다리겠습니다...

야나기는 생각보다 훨씬 적극적인 사람이었다. 그것이 동정이건 연민이건 조선의 공예품들이 이렇게라도 살아남아 후세에 전해질 수 있다면 좋다. 조선사람에게 진 빚 일부를 갚을 준비가 된 기분이었다.

그날 밤, 마당에 나서자 돌담을 끼고 늘어선 옹기들이 달빛에 은은한 빛을 내고 있었다. 막 싱그러움을 발하기 시작한 감나무 잎들이 오월을 즐기고 있었다.

그렇게 야나기가 미술관 설립을 발표한 후 4년이라는 시간이 흐른 1924년 4월 9일. 봄이 무르익고 있는 아침, 삶에 커다란 방점을 찍을 날이 밝았다. 어제도 봉급으로 받은 돈을 고미술상에서 가져가 버렸지만 오늘 같은 날을 위한 에피소드에 불과했다. 조선으로 건너온 이후 가슴 뛰는 일이 얼마나 많았나. 대개 짓누르는 중압감으로 인한 것이었지만 오늘이야말로 어떤 보상이라도 받는 기분이었다. 새벽같이 일어나 나갈 채비를 했다.

경복궁 집경당에는 아직 어둠이 깔려 있었다. 거기가 조선민족미술관이었다. 집경당은 경복궁의 북문인 신무문으로 들어서 연못 가운데 자리 잡은 향원정을 지나면 곧 나타난다. 문을 열고 들어서니 어제와는 사뭇 다른 기운이었다. 텅 비었던 자리에 사방탁자, 장롱과 소반, 도자기들, 민화를 비롯한 그림들이 나를 맞이했다. 어떤 것은 깨어지고 모서리가 닳아 없어진 물건도 있었다. 이 조선민족미술관은 비싸고 희귀한 물건을 전시하는 곳이 아니다. 그야말로 조선사람들만의 민예품이 주인이었다.

마음이 가지 않은 물건이 없었다. 그 중에서 튼실한 상 하나와 눈길이 마주쳤다. 그것과 만난 곳은 하동이었다. 지리산 근처 화개장은 경상도과 전라도의 경계 지역이다. 조선에는 5일마다 장이 서는 곳이 많다. 장이 서는 날이면 수십 리 안에 있는 마을에서 사람들이 모여든다. 참기름이나 고춧가루, 곡물 등 농산품에서부터 도자기나 소반 등 공예품까지 없는 게 없다. 이동수단은 지게가 단연 으뜸이다. 장돌뱅이들은 흰 두건을 두르거나 패랭이를 쓰고 나로서는 엄두도 내지 못할 크기나 무게의 짐을 지고 날랐다.

그날은 하동 도요지를 답사하고 화개장을 찾았다. 화개장

날에는 지리산 일대에서 생산되는 뛰어난 재료들로 만든 소반들을 볼 수 있다. 특히 전라와 경상 지역의 경계라 전라도 나주반 모양이나 경상도 통영반을 한 자리에서 볼 수 있어 좋았다. 옻칠을 한 통영반과 칠을 하지 않은 나주 백반이 길을 중심으로 양쪽으로 나뉘어 있었다.

그런데 엉뚱한 곳에서 횡재를 하게 되었다. 허기를 달래기 위해 주막엘 들렀을 때, 방에서 받은 밥상에 내 시선이 멈추었다. 한 눈에 보기엔 낡았고 단순한 구조의 상이었다. 천판은 느티나무 재질이었는데 여덟 개의 연잎 모양으로 둥그런 형태였다. 거기에 개다리 모양의 다리에 족대가 붙은 구족반이었다. 그것이 끝이었다.

그렇게 간단한 구조였지만 균형이나 다리를 깎은 솜씨는 단연 돋보였다. 간결하면서도 강인한 인상을 주는 명품이었다. 거친 서민의 삶, 이런 주막의 삶에 제대로 어울리는 상이었다. 옛날에는 많았겠지만 지금은 보기 드문 것이었다. 밥 먹을 생각도 하지 않고 그걸 만지고 뜯어보고 있으니 주모가 말을 걸었다.

– 손님 왜 밥을 안 묵심니꺼? 뭐 모지라는 기라도 있심니꺼?

– 주모, 이걸 팔지는 않겠지요?

대뜸 그렇게 묻고 말았다. 머리에 수건을 두른 오십대 중반의 주모가 혀를 찼다.

– 허 참, 뭐라꼬요? 상을 팔라고요? 이 양반아, 보소 저 장터에 늘린 기 상인데 주막에 와서 늙다리 상은 뭣땜에 살라 하는교? 새것 두 개하고 바꾼다면 모를까.

– 네 정말입니까? 어떤 상을 원합니까?

내가 당장이라도 일어서려고 하자 주모가 어이가 없다는 듯이 나를 제지했다.

– 허 이 양반이 와이카노. 그냥 해본 소린데. 이상한 양반이네. 이기 무신 돈이 되는 것도 아이고 참내...

그렇게 거래가 이루어졌다. 나는 정말 두 개와 바꾸려 했고 주모는 완강히 거절했다. 새 것을 얻었으니 자기가 이득이라고 웃었다. 결국 주모가 고른 상과 교환하게 된 모양새가 되었다.

삶의 연륜이 고스란히 묻어 있었다. 집어던져도 깨어지지 않을 자신이 있다는 듯 당당한 자태였다. 백년이 아니라 천년을 갈 소반이었다. 나도 이것이 있을 자리는 여기가 아니라 그런 삶의 현장이 어울린다는 것쯤은 안다. 하지만 돌보지 않는다면 분명 희귀한 물건이 될 것들이었다. 아니 기억 속에서 사라질 것 같았다. 이 소반 속에 들어있는 과거가 곧 조선민족의 미래가 될지도 모를 일이다.

조선민족미술관.

일본사람들은 이 미술관을 보고 무슨 생각을 할까. 그저 조선사람들을 다독거릴 핑계로만 볼까. 그래도 좋다. 아니 그랬기 때문에 민족이란 말을 받아들였을 테니까.

집경당과 함화당이 맞붙은 구조의 건물은 원래는 후궁들이 머무는 침전이었지만, 최근에는 조선 황제가 외국사신을 맞이하기도 했던 곳이라 한다. 제 기능을 잃었다가 조선의 생활이 들어찬 민족미술관으로 거듭났다. 황제의 폐위 이후 사용하지 않고 있던 곳을 조선민족을 위해 사용하게 되니 의미 또한 새롭다. 비록 새로운 총독부 건물이 앞을 막아서고 있지만 이 자리를 지켜내는 것만으로도 뜻은 깊었다.

개관식이 끝나고 야나기 무네요시가 말했다.

– 앞으로 이 미술관의 책임은 다쿠미 씨가 맡을 것입니다. 이 사람보다 적당한 사람은 없을 것입니다. 다쿠미, 맡아 주겠소?

열쇠를 만지작거리며 생각했다.

… 그렇소, 이곳은 다쿠미라는 존재의 집이 된 것입니다. 내가 조선 민예품의 하나로 이곳에 있을 수만 있다면…

난 청자와 백자, 소반과 장롱의 기교나 아름다움을 논할

재질을 가지지 못했다. 미학에 대한 안목이나 지식이 없으니 본 대로 느낀 대로 살아왔고 그렇게 살아갈 것이다. 이 미술관은 그런 한 범부의 집이 되었으면 좋겠다.

다시 마지막 날의 풍경

긴 잠에서 깨어났다.

...아, 여기가 마흔의 삶 종착역이었지.

의식은 맑았지만 말문은 닫혔다. 굳이 덧붙일 말도 없다. 어머니와 형과 공유하는 시간만이 파르르 떨고 있다. 노리다카 형도 이젠 나를 놓아주려는 모양이다.

– 그래. 너의 바람대로 조선옷을 입혀 보내주마. 하지만 다쿠미, 누구도 넘지 못할 거장인 레오나르도 다 빈치도 죽음을 앞두고 '나는 나에게 주어진 시간을 허비했다'고 탄식했다지만 내 동생은 그렇지 않았다고 믿는다.

그랬을까. 눈을 감은 채 형의 말을 되짚어보았다. 조선에 건너 온 지 17년, 톨스토이의 「카자크 사람들」처럼 살고 싶었다. 어렵더라도 이곳 자연 속에서 그들처럼 춤추는 꿈을 꾸었다. 불행히도 이곳은 그렇지 못했다. 여기저기서 터지는 신음 소리에 익숙해져야 했다.

나를 붙잡고 늘어진 것은 조선의 미래였다. 그들의 삶 속에 뒹굴고 있는 찬란했던 과거를 보았기 때문이다. 수 백 년 땅속에서도 빛나는 청자와 유순한 백자 한 점, 소반 하나에서 미래를 보았다. 그것이 길이 되고 말았다. 하지만 야나기나 가와이, 도미모토 같은 대단한 사상가나 예술가의 길은 아니었다.

… 고마워 형, 조선민족미술관을 부탁해. 이젠 거기가 나를 찾는 곳이야.

짧은 시간이었지만 이 땅에서 정을 나누고 붙였다. 조선인보다 조선을 더 사랑할 수는 없겠지만 그렇다고 다른 무엇을 더 사랑하지도 않았다. 그들과 그저 이웃으로 살았다.

기꺼이 산을 오르고 가마터를 찾았다. 소반과 옹기들을 그려놓고 이웃들에게 이름을 물어 기록했다. 낯선 이름들이 입에서 자연스레 구르기 시작했다. 조선 가옥이 좋아 둥지를 틀었지만 때론 우스운 추억도 있었다. 비가 오는 날은 화장실 지붕이 헐어 우산을 받치고 볼 일을 보기도 했지만 차라리 재미처럼 떠오른다.

그러나 어찌하랴. 이르게 막다른 시간에 닿고 말았다. 아버지는 내 얼굴도 보지 못한 채 돌아가셨다. 난 할아버지를 닮지 못하고 아버지의 명을 닮았나 보다. 둘째 딸이 내 얼굴도 못 본 것도 그런 것일 게다. 한참이나 먼저 간 아내 미쓰에의 얼굴이 아득하다.

그래, 죽음은 또 다른 삶의 버팀목이 되는 것이 자연의 이치다. 조선의 흙이 된다고 해도 좋고, 산이 되어도 좋을 일이다. 내가 여기에 남는 이유는 아쉬움이 팔할이다.

혹시 한 점 백자처럼 남고 싶다면 분에 넘치는 일일까. 한 번 보기만 하면 헤어날 수 없는 마력의 청자는 숱한 슬픈 이야기를 낳았다. 위대한 예술품만이 지닌 원죄였을까. 머리맡에 놓인 순백의 항아리도 그 길을 갈까 두렵긴 하지만 누군가 다쿠미는 저 얼굴을 닮았다고 한마디 해준다면 더 없이 좋겠다.

그도 아니라면 조선의 바람이 되어도 그만이다. 돌아보지 못했던 구석구석을 훑는 일도 설레기엔 충분하다. 내가 못 이룬 것은 나의 부족함이지만 여행을 끝내 이어갈 것이다. 나에게 주어질 내일은 없을 것이다. 내일의 태양은 내 것이 아닐지라도 나는 이곳에 바람으로라도 머물 것이다.

망우리 다쿠미의 무덤

망우리 다쿠미 무덤에 선 묘지석

쓰고 나서

언제였던가. 처음 아사카와 다쿠미의 무덤에 참배하러 망우리를 찾았던 때는 겨울이었다. 묘소로 가는 길은 군데군데 눈이 흩어져 있었고 바람은 매웠다. 이게 웬일인가. 안내판에 당연히 있을 거라 생각했던 그의 무덤이 표시되어 있지 않았다. 화살표라는 게 몇몇 유명한 사람들의 묘 위치만 가리키고 있을 뿐이다. 물을 수 있는 곳도 없었다. 큰 낭패였다. 세심하지 못했음을 곱씹었다. 오래 전에 읽었던 책 속에 정보가 있었다는 건 까마득하게 잊고 있었다.

길 양 옆으로 즐비하게 늘어선 묘비명을 훑으며 오르막길을 올랐다. 한양에서 김서방 찾기가 딱 그것이었다. 노트북과 책 몇 권, 그를 위한 막걸리 병이 든 가방은 점점 무게를 더했다. 일요일이라 등산하는 사람이 많아 몇 번을 물었지만 모두 고개를 저었다.

어디쯤에서 되돌아가나. 아니면 한 바퀴를 도나. 돈다고 큰 길만 끼고 돌 수밖에 없으니 이 산 어디에 있다는 묘를 어찌 찾나. 꼼꼼하게 준비를 못한 자책을 연발하며 올라가다가 결국 발길을 돌리기로 했다.

아쉬움에 입맛을 다시며 돌아서기로 마음을 먹는 순간이었다. 거짓말처럼 오른쪽 언덕에 낯익은 묘지석이 눈에 들어왔다. 각이 진 모따기 항아리 모양이었다.

– 바로 저것이야!

입에서 저절로 튀어나온 말이었다. 거기였다.

… 아사카와다쿠미공덕지묘淺川巧功德之墓

… 무덤번호 203363

그와의 조우는 이렇게 일말의 자책과 발견의 기쁨을 남기며 이루어졌다. 막걸리를 한 잔 올리고 예를 갖추는 것으로 잊지 못할 지도 하나를 머릿속에 새겼다. 옆 잔디에서 쉬고 있는 한 쌍의 연인에게 사진을 부탁했다. 궁금해 하는 그들에게 다쿠미를 열심히 설명했다. 설마 하는 표정이었지만 꽤나 흥미로워했다.

다쿠미를 찾아다닌 길은 제법 오래되었다. 하지만 재주가 모자라니 얻은 것도 별로다. 돌아보면 그것은 '무관심'이 나에게 준 관심이었다. 그리고 그의 삶을 알게 된 이후 '최소한'

에 대해 생각했다.

우리가 '무관심'했다는 것이 나의 관심을 끌었고, '최소한'의 것도 몰랐다는 것이 나를 이끌었다. 내 잘못이 아니었다고 할 수 있겠지만 아예 아니라고 할 수도 없었다. 누구도 책임질 수 있는 일이 아니었으니 말이다. 그리고 어떤 책임을 묻자는 게 아니다. 내가 알았으니 말하고 싶었었다는 게 전부이다.

일제강점기 때 경성제국대학 교수였던 아베 요시시게安倍能成는 아사카와 다쿠미의 죽음을 애도하는 글에서 이렇게 말했다.

그는 남을 위해 한 일을 좀처럼 다른 사람에게 말하지 않았다. 많지 않은 봉급을 받던 다쿠미에게 학비를 도움받아 자립해 상당한 지위를 얻게 된 조선인이 한둘이 아니다. 그의 부음을 듣고 달려와 마치 인자한 아버지의 죽음을 맞은 듯 슬퍼하던 이들의 모습은 보는 사람으로 하여금 사무치는 감동을 느끼게 했다고 한다. 나 역시 그런 사람을 한 명 보았다. 그는 다쿠미가 친아버지보다 더 그립다고 했다. 그 사람의 얼굴에는 감출 수 없는 진심이 나타나 있었다. 다쿠미는 그 밝고 곧은 직관으로 남들이 보지 못하는 조선인의 아름다운 점을 발견했던 듯하다. 다쿠미는 조선예술의 정신을 파악했던 것만큼이나 조선인의 마음도 잘 이해하고 있었다.

다쿠미의 삶은 '인간의 가치는 실로 그 인간에게 있으며 그 이상도 이하도 아니다'는 칸트의 말을 실제로 증명했다. 나는 진심으로 인간 아사카와 다쿠미 앞에 고개 숙인다…

아베는 다쿠미 장례식 때 조선사람들이 서로 상여를 메겠다고 다툼을 벌인 것을 두고 '내선일체의 미담'이라는 희한한 꼬리표를 붙였던 사람이다. 그런 그마저 다쿠미의 사람됨에 경의를 표했다. 자신은 도저히 그러할 수 없었다는 것을 고백하면서 말이다.

한국과 일본, 일본과 한국. 얄궂은 운명으로 맺어진 이웃. 둘은 악연으로 맺어진 역사가 도드라지기만 하다. 그것은 이웃이었기에 있을 수 있는 역사였다. 문제는 과거가 아니라 미래다. 당하기만 했던 우리의 입장에서는 뉘우침과 사과를 요구하겠지만, 강요가 아니라 포용으로 진정한 뉘우침을 끌어내는 것도 미래를 위한 길이다.

둘 사이에는 다리들이 많이 놓여 있다. 거길 오가기만 해도 될 일인데 안타깝게도 다리를 보지 못하고 있다. 아사카와 다쿠미도 바로 그런 다리 중의 하나이다.

그를 기억하며 민족이 아니라 인간에 대한 사랑을 생각하는 시간이 되었으면 한다. 그것은 아사카와 다쿠미가 지금도 변함없이 지닌 바람이라 믿는다.

* 우리의 아픈 역사 속에서 묘한 가치관으로 살았던 한 인간의 고뇌를 상상하며...

초판 인쇄 2017년 2월 16일
초판 발행 2017년 2월 21일

지 은 이 박 봉
펴 낸 이 김재광
펴 낸 곳 솔과학
등 록 제10-140호 1997년 2월 22일
주 소 서울특별시 마포구 독막로 295번지 302호(염리동 삼부골든타워)
전 화 02-714-8655
팩 스 02-711-4656
E-mail solkwahak@hanmail.net

I S B N 979-11-87124-15-3 (03810)

값 14,000원